きよまろ すぐり 神託記

岡田清隆

鳥影社

きよまろ　すぐり　神託記

目次

きよまろすぐり神託記

プロローグ

『宇佐八幡宮神託事件』いわゆる『道鏡事件』をご存じでしょうか。

奈良時代のこと。仏僧の道鏡は孝謙上皇（後の称徳天皇）が病気を患い、その治癒に貢献して以来、大いに気に入られ、最高権威の法王の座に就いていました。

神護景雲三（西暦七六九）年、宇佐八幡宮より大和朝廷に「道鏡を皇位につけよ」と神託が届きました。天皇は確認のため勅使として和気清麻呂を宇佐八幡宮におもむかせます。神託を持ち帰った清麻呂は「天皇位には必ず皇統の人をつけよ」と奏上しました。道鏡を寵愛する称徳天皇はこの報告に憤慨し、清麻呂を流刑に処しました。

岡山県和気町《わけちょう》の伝承によりますと、流刑地の大隅国《おおすみのくに》に下向の途中の清麻呂は参拝で立ち寄った宇佐八幡宮の手前で足がなえ歩けなくなりました。豊前国《ぶぜんのくに》（現在の福岡県）宇佐の楉田《しもとだ》村にて三百匹の猪が現れ彼を先導しますと、清麻呂の足は治り歩けるようになったそうです。

一般的に、和気清麻呂は皇統を守った聖人として崇められ、道鏡は称徳天皇をたぶらかした極悪人とされ、称徳天皇も悪僧の道鏡を寵愛した天子として評判は芳しくありません。

この事件については文献の信憑性が疑問視され、今日も物議を醸しています。

道鏡は本当に大悪党であったのか。称徳天皇は本当に道鏡にたぶらかされたのか。後世の噂や面白半分の川柳は情報操作の産物ではないのか。そもそも神託の真意を読み違えているのではないのか。和気清麻呂は大隅国へ流され、後にどうして豊前守となったのか。などなどの疑問に様々な見解が提出されています。

はるか昔に起きた事件のそんなこんなに、なぜか執着する自分に違和感を覚え、眠れぬ夜が続き、巫女の幻影を見ては、まるで自分のことであるかのようにどうすべきか、途方に暮れていました。

そんなある日、記憶の語り手と再会しました。出逢いが出会いを生み、そこからは堰を切ったように学者たちや既視感を持つ人たちに導かれ、文献や資料を吟味し、ひらめきと直観を得て、無数の点が線で結ばれ、絵となり文章となりました。

ですからこの物語は単なる事実の羅列ではありません。私ひとりの作でもありません。共時性を持つ人たち、真の文献に伴う遺構や所縁の地、その魂や希望が織りなした真実の物語です。

和気清麻呂と対をなす主要人物として、豊前京都郡《ぶぜんみやこぐん》の豪族で勝《すぐり》の姓《かばね》を持つ楉田《しもとだ》氏が登場します。伝承にある椐田村を村名ではなく人名としました。正倉院の戸籍にも残る名で、清麻呂の足の治癒や猪ともつながります。

あまり知られていない清麻呂と豊前国との深い縁や、宇佐八幡宮への移動手段や、称徳天皇、道鏡、清麻呂とその姉、様々な登場人物たちの想いをひも解きながら物語は進行します。

本編の語り手は、とある巫女です。どのような人物か、お楽しみに。

第一章は、清麻呂が称徳天皇より命を受け宇佐八幡宮にて確認の神託を奏上し、その沙汰を受ける前日まで。

第二章は、清麻呂が称徳天皇より大隅国への流刑を言い渡され、苦渋に耐え、慈愛を体得し、再び平城京へ帰るまで。

第三章は、清麻呂が意を決して豊前へおもむき恩人たちに報いるまでを描いています。

『神託記、紡ぎ人奇譚』は、この物語の書き手である私が記憶の語り手に再会して『きよまろすぐり　神託記』を物語る決意をするまでの軌跡を記したものです。

極東の災害多き日本特有の風土に万年かけて培われた和合の精神は、渡来の諸々を迎え入れる際に、基盤を揺るがされようとも、その魂は自然に蘇り、いつしか理を取り入れ、不和は捨て去られ、アップデートするのです。

『八幡宮神託事件』が起こった奈良時代のような混迷の時期を幾度も幾度も乗り越えて。なにしろ我らは、お天道様が見ているると信じているのですから。

さて、和気清麻呂が朋友とともに、歓喜し絶望し、苦難を乗り越え、深い想いに明日へ向かう力を得た、生涯でもっとも波乱に満ちた冒険の日々を追体験してみましょう。

難解な個所は飛ばしてください。後で読んでも差し支えありません。よろしければ最後までお付き合いください。

第一章　再神託を奉上す

神護景雲三（西暦七六九）年五月。大宰主神の習宜阿曽麻呂《すげのあそまろ》様より大和朝廷に突然の報告が入りました。

『宇佐八幡より神託あり。道鏡を天皇にすれば天下泰平となる』

宮中に激震が走ります。

道鏡様は仏僧でありながら政権をも凌駕する日本初の法王となられたお方です。しかし位は高くとも臣下に過ぎません。皇位を継ぐなどありえない事態でした。

「この神託はまるで称徳天皇のご意志ではないか」

「いいや、増長した僧を払う戦の火種よ」

「仏僧を大王にして天武派、天智派もろとも葬るか」

「神ながらの道はどうなる」

様々な噂が飛び交う中、称徳天皇は寡黙を通しました。

日頃、表へ出ては毅然と振る舞っておいでですが、心底では道鏡様へ深く傾倒し仏教に帰依して国民の安寧を願う優しさを備えておいででした。

病弱でありながら、己が血統に悩みつつ、最高権威として強くあらねばならない、甘く見られてはならないと気負い、無理を重ねております。それゆえに側近たちへ、きつい言葉を浴びせ、不用意な態度を取ったことを悔いておりました。かような騒動を招いてしまったのは己のせいであると感じ取っていたのです。

この事態に、どう対処すべきか。通常であれば道鏡様に意見を乞うのですが今回ばかりはそうはいきません。

悩んだ末に呼び寄せたのは大尼の法均（広虫姫《ひろむしひめ》）様でした。神代、神功《じんぐう》皇后に仕えた名門・和気《わけ》家の長女です。従四位下に昇進し弟と同じく真人《まひと》の名を賜ったばかり。人柄も良く、その慈悲深さは比類がありませんでした。

御簾越しの天子様（称徳天皇）が法均尼に問います。

「よう来てくれました。今朝、虹を見ました。吉兆か、それとも凶兆か」

「千載一遇の好機です。もともと虹は天翔ける龍、またその翔けた痕跡。かつては天空の大蛇であり豊穣の女神。怯むことはありません。吉兆と心得て歩を進めましょう」

「なんとも心強い。して策はあるか」

「再度、宇佐に託宣を問うのです。その是非に関わりなく、この機に天皇の威厳を示すのです。否定も肯定も天子様（称徳天皇）次第なのですから。

まず、このように公言なさいませ。

『夢に八幡大菩薩の使いが現れ、宇佐八幡宮まで使いを寄こせば真の神託を伝える。その使いを法均に任せよ、と申した』と。

さすれば私はこのように返答いたします。

『病に臥せる私には遠出は叶いません。恐れ多くも天子様に失礼のなきように我が弟・和気真人に代行させてはいただけませんか』

初めから弟を指名しては朝廷内がもめるでしょう。このように提言すれば、官僚たちも仏僧たちも納得いたします。

天子様（称徳天皇）承認とあっては誰もとやかくは申せません。

我が弟は真人の名を賜ったとはいえ従五位下の近衛将監《しょうげん》・美濃大掾《だいじょう》・吉備藤野和気真人《きびふじののわけのまひと》。信用に足る刀禰人《とねり》（腰に刀を佩《は》く者）でございます。

宇佐八幡宮、禰宜《ねぎ》の辛島勝《からしますぐり》ヨソメと縁戚にあたる豊前京都郡の秦人《はたびと》、楉田《しもとだ》家当主と弟は朋友。

楉田家と我が和気家は神代よりトヨヒメ、神功皇后と関わる深い仲。

我が弟が特使となれば、聖武天皇の東大寺大仏に縁の豊前・京都郡の高名な豪族、楉田家は惜しみなく加勢いたします。全土の秦氏へのよい刺激ともなるでしょう。

弟は私と同体。責任も一蓮托生と心得ております。

念を押して申し上げます。再度の託宣の是非がどのようになりましょうとも、先の世の平安を願う天子様の御心を世に知らしめるときを得たのです。

我が弟が託宣を持ち帰るまでの間に、天武帝、聖武帝の御威光を継ぐ天皇として宣命体《せんみょうたい》（天皇のお言葉）を整え世に残すのです。神も仏もないがしろにせぬ、和する国体をお示しください。称徳天皇の御心を永久に留めるのです」

「よくぞ申しました。疫病や重税や徴兵と、民の苦しみも癒えず、後継ぎもなく、朝廷は派閥分断され、和をもたらそうと道鏡様を法王としても賛同は得られず、憂いは増すばかりでした。その上の神託騒ぎ。進退窮まっておりました。

よく分かりました。夢の虹は『女神の化身、龍と蛇が天翔ける姿』と心得ましょう」

称徳天皇は則天武后にならい己のことを「宝子称徳孝謙皇帝」と名乗っておりました。基本的に血統をもって世継ぎとする日本の天皇と違い、徳をもって帝王を決める中華思想に影響されていたからです。当時、藤原氏主導の政治の混迷に憂いながら、生涯独身を貫かねばならない宿命にも耐え、気丈に振る舞っておいででした。ときに無慈悲な決め事もなさいました。しかし再三申し上げますが根底には常に慈愛がございました。

神護景雲三（七六九）年六月。

通称、和気清麻呂様こと吉備藤野和気真人様は、称徳天皇より宇佐八幡大神の神託を再度仰ぐ命と、輔治能真人《ふじのまひと》の改名を賜りました。この姓《かばね》は『能く輔《たす》け治める』という天皇の厚い信任を表しています。

ちなみに「氏《うじ》」とは「氏族」と呼ばれる血縁集団を表し、各氏族には王権の中で担当する職務が定められていました。古代の大王家（天皇家の前身）を中心としたヤマト王権では、その氏族を「氏」と呼んで管理し、氏族もその氏を名乗っていました。たとえば今回登場する和気氏、神事・祭祀を担当した中臣氏《なかとみうじ》、軍事や刑罰を担当した物部氏《もののべうじ》等があります。

「姓《かばね》」は、元々は古代の大王家が氏族に与えた「称号」です。臣《おみ》、連《むらじ》、伴造《とものみやつこ》、国造《くにのみやつこ》等がありました。

大化の改新以降、身分制度の整理を目的として天皇家から「八色《やくさ》の姓《かばね》」が与えられます。八色の姓は、真人《まひと》、朝臣《あそん》、宿禰《すくね》、忌寸《いみき》、道師《みちのし》、臣《おみ》、連《むらじ》、稲置《いなぎ》と、文字通り八種類あります。〝天皇から授かる〟呼び名、称号です。

「氏と姓」は時代が進むにつれ変化し、有力な氏族のほとんどが身分の高い朝臣の姓を名乗るようになり本来の機能を失いつつありましたが、和気清麻呂様は正真正銘の真人です。天皇から授かる八色《やくさ》の姓《かばね》では最高位でいらっしゃいました。

輔治能真人様は、まず天子様直々に命を受けた誉《ほまれ》をご先祖と祖父に報告するために備前国に向かいました。

朝廷より中型の櫂《かい》三十挺《ちょう》の手こぎ準構造船が用意されました。瀬戸内航路は「地乗り航法」で陸岸の地形に沿って航海します。難波——豊国間に、玉ノ浦、長井ノ浦、風速《かざはや》ノ浦、麻里布《まりふ》ノ浦、佐婆、下毛《しもげ》（分間《わま》の浦）、御津《みつ》の松原（豊前京都郡の浜）を停泊港とし、なによりも航路の安全を図りました。

私は真人様と再会を果たしたいがため船に同乗しました。

豊前では古くより私宅仏教が根付いていました。毉術《いじゅつ》師、豊国奇巫の修行に励む巫女も法師と呼ばれるようになり、美夜古巫女（推古朝より大和政権が組織した栄えぬきの豊国巫子集団）は激減いたしました。

本来の、重鎮を乗船の折に神代を模して巫女を船主に配するという美夜古巫女の風習はここ数十年で変わりつつあります。その役目は荒波、渦、暴風雨を鎮め、潮の流れを読み、船を守護するため船首に座し、病んだ乗員への投薬はもちろん、要は航海中に災いが起こった場合、海神の怒りを鎮めるため巫女が海に身を投じるというものでした。

かつては生贄の如く人を選び、航海中、風呂も入らせず身なりも整えず、災難に見舞われれば殺め、航海が無事であれば褒美を授けるという風習がありました。

いずれにしても人命を奪う風習は心苦しいと、昨今では事が起これば形代《かたしろ》（身代わりの紙人形）を流すようになりました。

さらに瀬戸内は畿内と九州を結ぶ航路として活気づき、気候や潮の流れに詳しい船員が（巫女に）取って代わるようになり、巫女の活躍の場はますます失われつつあるのでした。

船首よりことあるごとに真人様を盗み観ておりますと、大任に憔悴の色が見えます。船上ではお付きの舎人と世話役のふたり、それに船師、柁師《かじし》、挟抄《かじとり》の方々には気づかれぬよう振る舞っておられます。上下の隔たりなど微塵も感じさせません。そのような気遣いが常なのでしょう。一挙一動が優しさに満ちておいでです。

さて、真人様に始めてお会いいたしましたときの御話をさせていただきます。

あの鮮烈な印象は色あせることはありません。

天平神護元（七六五）年、初秋の早朝。豊前・京都郡椿市の山裾。いつものように祈りを捧げるため、里中の御神木を目指しておりました。

途中、椙田邸付近の小路にて割れて艶めくザクロの実が眼に入りました。

その紅色に、ふと幼い頃聴いたお祖母さんの恐ろしい話を想い出しました。

「ザクロは人肉の味がすると言われているのですよ。大切な銅鏡をみがくのもその果実。ザクロは我が家と縁があります。こんな神話もあるのです。

遠い異国に神様がおりました。

女神ペルセポネが男神ハデスに勧められ、冥界のザクロの実を六つ食べました。おかげで六ヵ月もそこで過ごすことになりました。その間、地上にいる母親の哀しみで季節が冬となり地上では穀物が獲れなくなりました。六ヵ月が過ぎて女神ペルセポネが地上に戻ると、ようやく地上は春を迎え、野には花咲き木には果実があふれました。

イザナミは根の国の食物を食べたから根の国の人になったでしょう。ペルセポネも冥界のザクロを食べたから冥界の人になった。根の国も冥界もあの世のこと。

ペルセポネの場合はこの世とあの世を往ったり来たり。一年のうち三分の一は冥界、三分の二は地上にいて、これは死と再生を表しています。ザクロも同じ。実が赤く沢山。赤色は死、実は多くの児を表しています。児はお母さんのお腹の中から生まれ出るでしょう。

死と再生はふたつでひとつ。ザクロにはそんな深い意味があるの。

椙田《しもとだ》家のシモトには『群れた若い枝』と『ザクロ』という意味があります。ザクロの花粉は傷口を癒し、うがい薬ともなります。

我が辛島家と共に椙田家所縁といえば銅鏡。香春岳《かわらだけ》の銅で辛島が鏡を造り、椙田のザクロの実で磨き上げ、豊日別《とよひわけ》に奉納するのです。忘れてはなりませんよ」


しばらく真紅の艶めきにとらわれていると凍てつく山おろしの風一陣、向かいの水面に川霧が立ち上がりました。

すると、林の方からキーンと金属音、ザッザッと落ち葉を踏む音がします。ただならぬ気配に恐る恐る林の中へと歩み入りました。木陰に隠れ見ると殿方が剣を交えているのです。ひとりは当主の椙田勝愛比《しもとだのすぐりえひ》様とすぐに分かりました。

初めて眼にした決闘でしたが、どこか違和感があります。ふたつの剣光もふたりの身のこなしも水の流れの如く、つかず離れず。すでに剣の重なる音もせず。双方退き、間合いを取りました。

「死ぬ気だな。こちらも討つ気はない。分かってくれ。お主に遺恨などない」

そう告げ剣先を下ろす相手方、それが初めて眼にした真人様でした。その凛々しい御姿と優しい声、憂いを帯びた瞳。その瞬間落雷に打たれたように全身が震えました。

椙田勝愛比様は剣先を向けたまま吐き捨てます。

「言うな、今さら。この胸を突け」

「いいや、私を討て」

ふたりとも討たれる覚悟なのです。決着などつくはずもありません。

椙田勝愛比様が悲哀を溢れさせ言葉を吐きます。

「『辛島ヨソメの巫女抜け許諾を朝廷より頂いた』と確かに言うたな。『和気家は椙田家、辛島家と共にある』と確かに言うたな。『二言はない』と大権現豊玉姫に誓ったな。今になってヨソメ殿を巫女に戻すとは。婚姻が整う約束で『神農本草経』とともに辛島家より『香春岳鉱物、生薬、秘伝』をお主に授けたのだぞ。

辛島の叔父上は本家と我が椙田家の板挟みとなって御沙汰の心労で逝ってしまわれた。かくなる上は死をもって償わねば申し訳が立たぬ。

お主に御託を並べても仕方がない。耐えられぬ。口惜しい。ヨソメと別れては生きていけぬ。女々しいと笑え。どうせ死ぬなら、お主に討たれたい」

我が姉の辛島勝ヨソメと椙田勝愛比様は『あれほど睦まじい仲を見たことがない』と、誰もが噂するほど相思相愛の仲でした。

そんなふたりの仲を裂く朝廷よりの命が下った折も折、叔父上が逝かれたのです。労咳で倒れ、その日のうちに逝去。御年八十六歳の大往生であったのですが椙田様は婚姻の破棄と重なった死を己の不徳と捉えたのです。

我が辛島家は『最後のくさび』と言われています。なぜなら香春岳の採銅所にある八幡の古宮、元宮、豊日別神社の禰宜として源郷地・鷹羽《たかは》郡の赤染《あかぞめ》家とともに京都郡に残ったのが辛島家だからです。

本家一族は勢力範囲を広げ宇佐へ移り辛島郷を成し、香春岳の八幡宮を勧請。朝廷の命で大隅国へも移り八幡神社を建立。後に大神家との確執で正八幡と名乗ります。

辛島家は代々、男は鍛冶職、女は巫女となるのです。ヨソメ姉様は特に霊力に優れ宇佐神宮、または地元・豊日別神社の巫女となるべく修行に励んでおりました。

しかし椙田勝愛比様が鏡山の銅鏡神事において姉様に一目惚れ。三十路越えの男が、この人と確信したそうです。

椙田様は姉様に意を伝えると、ことの成就を確実にするために、まず数ヵ月かけて朝廷の許しを得ました。その後に我が辛島家を訪れたのでした。

叔父上に曰く、

「是非ともお嬢様を我が妻といたしたいのです。

ヨソメ殿は、『親族とお上の承諾さえあれば』と申しました。和気家の真人殿を通して、朝廷へ進言、お許しをいただきました。後は辛島家の承諾をいただければ……」。

そこまで言うと叔父上は嬉々として即答しました。

「相分かった。願ってもない。混迷の世に陽が差すとはこれじゃ。椙田家とは神代より姻戚。それにお主の噂も耳にしておる。多少、実直すぎるが秦部の長として信頼に足る男であると。

孫のヨソメ、オト姉妹は早くに父親を亡くした。わしも老いた。信頼に足る縁者が欲しい。またご友人の真人殿は和気家。これも備前・占部の名家、同族じゃ。

心配はいらん。姉が嫁いでも我が家には巫女修行をしておる妹のオトがおる。親族たちも納得する。是非とも必ずヨソメと添うて欲しい」

私も姉の辛島勝ヨソメも椙田勝愛比様も共に勝《スグリ》を名のる秦氏族。椙田家は人々を導く長《おさ》の、辛島の本家は鍛冶、祈祷の家柄です。叔父上としては願ったり叶ったりでした。

我らの豊国の中央部に位置する鷹羽郡、京都郡、仲津郡一帯は福原国府の足許にあり、豊日別神と鉱物の豊富な香春岳に母子神を祀る聖地、大陸から流入の中継点、通過点として栄えました。京都郡、仲津郡東側は周防灘の入り江となっており、渡来人や海人族によって、他国の知識や文化、宗教が根付いています。

我が国の秦氏は、少人数では神代より渡来していましたが、文化、宗教、風習、技能をもたらすほどの人数での渡来はほぼ三期であったといいます。一期は紀元前数百年前（諏訪にその名残あり）、二期は卑弥呼がおわした三世紀の初め頃、三期は応神天皇の四世紀頃。東の果ての『来る者は拒まぬ島国』を安住の地としました。なによりも天皇家より正式に定住の地を賜った安堵感は他国では味わえない悦びであったと伝わります。

秦氏のご先祖様たちは代々、男子の場合は母子信仰の下、家族や豊国神薙三家選出の長老、巫女たちと西方の様々な宗教、哲学を総括した教えはもちろん、縄文の心『たとえ意を同じくせずとも連帯する』を学びました。

古来の地母神を崇め、豊穣を夢見て、一丸となりました。天智天皇の命で新羅からやって来ていながら新羅との戦いに出兵。白村江の戦いでの敗戦以降、諸外国からの侵入に備えて石組みの山城造りに奔走。親新羅派の天武天皇の命による国力増強のための数々の改革、律令導入や移民命令にも従いました。

政権には関わらず、朝廷の命に従い、争わず、心に葛藤をかかえながら均衡を保ち、和する未来のために尽力したのです。

このような豊前中部を仕切る椙田家は、代々その寛大な人柄によって、椿の下での市を起こし物々交換によって人々を集わせ、美夜古の地を異なる氏、思想の坩堝《るつぼ》として維持していました。天武帝の推し進めた芸能や舞踊も季節の祭りには無償で民に提供し、採銅所長の山上憶良を始め多くの歌人、文人にも助力も惜しみませんでした。人々に愛され、役人にも一目置かれるのは当然の成り行きでした。

中でも椙田勝愛比様は特に分かりやすい、実直な性格でした。言葉少なで博学であった父親に比べますと単純、素朴。天災や疫病、重税や徴兵、災難に苦しむ豊前民たちの先頭に立ち、国府の役人と話し合い様々な工夫、改善に翻弄しました。民のためになると想えば散財は厭《いと》いませんでした。また、よく騙されました。『散財も成長の糧』と言いますが全く変わらないのが、人の悦ぶ顔を観たがる癖で、それは皆が呆れかえるほどでした。底抜けな行動が噂となり、大いに信頼され採銅所の管理を始め、薬師、鍛冶師、秦部、海部、占部連を束ねる世話役を任されました。

なによりも無償で民の病を治療する天井が岳青龍窟の主、沖川上人の弟子であったことも幸いして、多少の掟破りも許されました。

喰うに困って盗みを働いた親児を許す。おごり高ぶる大男の鉄剣を奪う。酔って怒鳴る男を蹴飛ばす。児を殴る親を殴る。妻に手を上げる夫を川に投げ飛ばす……などなど。どれもこれも弱者を守る行いでした。その人柄は官にも民にも愛され『椙田様のためなら一肌脱ごう』と言わしめました。

恋愛沙汰は散々で、若くして絶世の美女・浜のハヤト姫という遊女に惚れて振られた話は誰もが知っていました。散々貢いだあげく袖にされたのです。

『通常は誠意でまとまるが、恋はそういかん』と愚痴り、みなに同情されました。

以来、三十路を過ぎる今日まで、女性はこりごりと過ごしていたのでした。

そこに姉との出逢いがあったのです。


推古天皇を偲び椙田家が椿市の山裾に建立した氏寺内に『四箇院《しかいん》』があります。そこは民のための療養所、薬局があったり、望めば保護施設で読み書きも学べました。

婚姻の約束が整ってからのヨソメ姉様は『四箇院』で奉仕活動に励みました。そこで白昼堂々、勝愛比様とヨソメ姉様が語り合う様子がすこぶる睦まじいのでした。

世間では歌垣でふれ合いを謳歌し、皇族や朝廷の者はせっせと夜間の通い婚を続ける世に、他の異性には眼もくれず互いを想い合う姿を見せたのでした。

ちなみにこの時代の高貴な男女が互いを見るということは結婚を意味するほどの重みがありました。まず詩《うた》を読み交わし、気に入ったなら闇夜にまぎれて三回以上逢瀬を重ねなければ互いを見ることなどできませんでした。

民と共にあった勝愛比様とヨソメ姉様の関係はそのような常識とはまったく違っていました。

椙田勝愛比様は我が辛島家の敷地を倍に拡げ神殿を奉納し屋敷の改装と共に別棟に妻屋の建て増しを進めました。仕上がり次第、姉様を訪れる約束を交わしていました。

そして新装なった辛島家のお披露目の日に突然、朝廷よりの命が下ったのです。

『宇佐八幡宮の禰宜として血筋ともに本元最高の霊力者を配属すること』

現存する大神家、赤染家、長尾家、辛島家の中で家柄、霊力ともに最も相応しい女性は我が姉様、辛島勝与曽女《からしまのすぐりヨソメ》以外にいませんでした。

椙田勝愛比様の嫁となるはずでしたのに、あっさり反故にされたのです。


一方、真人様はその正月、藤原仲麻呂の乱の功により、従七位下から従五位下を賜り勲六等に叙せられておりました。同年三月、通称・和気清麻呂様は藤野別真人姓から改姓、吉備藤野和気真人を賜ったのでした。

藤原仲麻呂の乱で真人様は官位を上げ、それに反して朋友である椙田勝愛比様はヨソメ姉様と結ばれる悲願を奪われた形となったのです。

責任を感じた真人様は直々に朝廷に異議を申し立てましたが受け入れられませんでした。即刻、命をもって償うべく椙田様に婚姻の反故を告げに豊前を訪れたのでした。

添う寸前のヨソメ姉様も宇佐神宮仕えの命は寝耳に水。

姉様は三日三晩泣き明かし、覚悟を決め、逢えば決意が揺らぐと椙田勝愛比様に別れも告げず、宇佐辛島郷の本家へと向かいました。ふたりの素志（平素のこころざし）は水泡と化したのでした。

不運は重なるもので、その三日後に我が家の叔父上が逝ったのです。

剣を構え微動だにしない椙田様に、剣を下ろした真人様が語ります。

「最後にひとつ、聞いてくれ。私にも経験がある。惚れた許嫁《いいなずけ》がいた。吉備豪族の娘であった。十八で逝ってしまった。傷心に耐えきれず山へ籠ったが癒えぬ。だから考える間もないほど身を粉にして仕事に励んだ。官職に逃げたのだ。今も想い出す。以来、燃える想いはせぬ。今は妻子もあるが苦が和らぐことはない。いつまでも傷は残る。

辛いであろう。耐えられぬであろう。

気がすむようにしろ。お主に討たれるなら本望」

「その命を奪ってヨソメが戻るか。添えぬなら生きる価値はない。わしを斬れ」

「いや、私を討て」

「ええい、うるさい。黙れ」

「ならば、どうする」

「相討ちか」

「よし」と真人様が再び剣を正眼に構えました。

そのとき私は咄嗟に木陰から躍り出て、対峙するふたりの間に立ちました。

『ふたりを死なせてはならぬ』と、木漏れ陽とともに言霊が降ったからです。

「椙田の兄上様。真人様。天の我が叔父上が申しております。

『をこ（馬鹿者）ふたり。己に執着するな。世を見捨てるな』と。

それに、貴方様方や私の師である沖川上人の顔に泥を塗ることとなるのですよ」


しばらくしてようやく、ともに剣を鞘に納めるのでした。

その後、三人揃って私の日課である御神木参りに向かいました。


決闘に及んだ経緯を問いますと驚くほど単純なのでした。

まず和気の真人様が突然現れ、姉様の件を土下座して詫びたのだそうです。

でも椙田勝愛比様はそれを無視して眼を伏せたまま沈黙。

しばらくして冷たく告げたそうです。

「わざわざのご足労、かたじけない。ヨソメの件、しかと聴いた。致し方ない。しかし承服しかねる。所懐（想うところ）はあるか」

「遺憾。見苦しいゆえ弁明はせぬ」と、真人様。

「表へ出るか」と、椙田勝愛比様。

たったこれだけの会話で抜刀に至ったのでした。実に、をこ（馬鹿者）です。

船の穂先に座して、そんな出来事を懐かしく想い返しました。

あの朝、仲裁に入っていなければこのような息吹は感じていない。

周防灘の朝冷えの船首にて、ひとり安堵し天の雲と風の声を聴いています。凪の海を照らす朝焼けの東の空。この世の美しさではありません。

「豊前京都郡の浜、御津《みつ》の松原まで半時ほど。

真人様の郷里への報告も終え、航海も無事でした。お守りできたのは本当に善かったけれど、このまま挨拶もせずお別れするのは寂しいかぎり」

そんな陰りを模してか、前方にふと怪しげな暗雲が低く立ち込めました。徐々に広がり迫り来るその影に右掌をかざし、いつものように念じます。

「風に舞え」と払うと、雨の微粒たちの集合が四散し蒼穹と化しました。

そこに「お見事」と声。

振り向くと真人様がいらっしゃいました。

「やはり辛島のオト殿か。懐かしい。ずいぶん麗しゅうなられたな。仕草や形に面影が見える。いつ声をかけようかと、このときを待っておりました。

航海の無事はオト殿のおかげ。決闘の折も世話になりました」

「お役に立てて幸いです」

「オト殿の心は澄んでおる、陰りを忘れるほど。

その点、私はいい歳をして、どうあるべきか迷う。悪い癖だ」


「貴方様はどうかそのままで。大いなる力はそのように申しております。

和気家も椙田家も薬、鍛冶、祈祷、海人と関わり、大王に仕えます。

世には貴方様と椙田様のような不可思議な表裏、明暗の関わりがございます。

椙田様は豊前で民の信頼も厚く、情け深く奉仕するにも関わらず、あのような哀しい別離を強いられました。

貴方様はまず藤原仲麻呂氏の乱を自ら抜刀することなく鎮圧なさいました。位も上がり、姉様の広虫様同様、順風満帆。でも椙田様の心痛を肌で感じ、死を覚悟で豊前へ出向き決闘にまで及びました。和解はしたものの友を想えばいまだに憂いと痛みに襲われるのではありませんか。

　そこに今回の大役。重責を担うこととなりました。再度の神託の是非に関わらず貴方様は波乱の道を歩むでしょう。最初の神託を賜ったのは大神家の禰宜と聞きました。今回の神降ろしの禰宜は我が姉、ヨソメ。傍らにいて、貴方様の不安、戸惑いが手にとるようです。でももっと深い心の底では安堵しておられます。やっと『対』になれたと。椙田様と同様に明白な苦を背負いたいと願っておられたからでしょう」

「いかにも。やっと同等になれたのだな。つくづく愚かで単純な己を思い知る。オト殿は姿も声もそよぐ風だ。なにやら安らいだ。楽になり申した。忝《かたじけな》い」

　真人様は晴れやかな笑みをくださいました。全身が火照りました。

　凪の海原とは裏腹に高鳴る鼓動を抑えるのに苦労しました。

「このひととき、嬉しゅうございました。

　くれぐれも私と逢ったことは口外なさらないでくださいね。実は貴方様の乗船を知り、禁を破ってここにおります」

「合い分かった」

　深々と礼をしてくださり、立ち去る後姿も凛々しく忘れがたいものでした。

入り江付近の津にて真人様はお付きの舎人ゴウさん、世話役ロクさんを伴い下船。浅瀬用の小舟に乗り換え芦原の浅瀬を渡り、京都郡の土を踏みました。

遠く街の方から三名、三頭の馬を従えて翔けてきます。その先頭は椹田様です。

「待ちかねておった。福原府長の命を受け参じた。ここから先はわしが案内する」

かつての賑わいには及びませんが、港町の活気は失われておりません。その外れの高台に、たいそう大きな塀に囲まれた黒塗りの建物があります。門をくぐり立派な中庭のある部屋に通され、豪華な食事を振る舞われ、舎人のゴウさんと世話役のロクさんは樽湯に案内されました。

広い板張りの部屋で愛比様と真人様ふたり、片膝を立ててくつろいでおります。

呆れた表情の椹田勝愛比様が言います。

「互いに生きておって幸いだ。しかし変わらんな。お主のために蒸し風呂より心地の良い珍しい樽風呂を用意したのに、お付きの者たちを先に入れるとは」

「お主とふたりで語り合うのが先だ」

「同感。ところで猪肉の煮物、どうであった。猪肉は滋養強壮に善い。求菩提湧き水の湯は疲労に効く。絹の着心地は良いか。お主の官位、浅緋色の衣で身を引き締める。お供のふたりにも新調してある。必ずや良きこととなる。こちらとしては万全の心身で八幡神に向こうてもらいたいからな」

「この歓待はやり過ぎだ。くつろぎ過ぎて腑抜けになる」

「悦んでおるのか貶しておるのか、その言い様では分からん。それに烏帽子。ここでは取ってくれ。都住まいは堅苦しいのう。わしは烏帽子どころか裸で外へ出る」

「気さくな領主様だ。

神山、香春岳の銅を始めとする鉱物資源活用はもとより、大隅とも結び湖沼鉄系低温製鉄技術も入手し、出雲とも奥羽（東北地方）とも交易を通じて和する椙田の御曹子。

持て成しに感謝する。さながら大王になった気分だ。蒸し風呂でなく、樽に溢れた温泉湯に浸かる贅沢、楽しみだ。猪肉も臭みなく美味であった。それにこの着物、なにからなにまで至福。かたじけない。

この寺の外観は簡素だな。どこか京都の広隆寺に似ておる」

「都も、お主の里、吉備もここ京都郡と同じ大陸文化華咲く地ではないか。

このような寺は多くあるが寺とは名ばかり。景教施設も寺、師も僧と呼ばれる。隋や新羅や海人族たちの秘儀も神道も、ともにある。法師、呪術師、修行者、巫女もみな集まる。この敷地内には弥勒菩薩、ヤハウェ、ミトラ神をそれぞれに祀ってある。心身を安らかに話し合う

『同ぜずとも争わず』の社交、交流の場だ。くつろげ」

「お主は稀に見る阿呆だ。もう一度言うが、このもてなしは度を越している。」

「度を越すもへったくれもない。四の五の言うな。

垂仁《すいにん》天皇の第五皇子の鐸石別命《ぬてしわけのみこと》の曽孫が王は皇の下に位置する弟彦王《おとひこおう》。神功皇后とともに朝鮮征伐に出征。遠征の後、神功皇后を忍熊王《おしくまのおう》が襲撃。弟彦王はこれを撃退。この勲功によって弟彦王は、備前・美作《みまさか》に封じられ、代々郡司として栄えた。和気家はその末裔。

それにお主の姉、広虫姫。そのお人柄は豊前でも知らぬ者は居らん。

十六歳で結婚。夫の中宮の葛木戸主《カツラギノヘヌシ》様は心優しい。戦乱や飢饉で親を亡くした子供たちを引き取り夫婦で養育。成人すると葛木の姓を名乗らせた。不幸にも夫に先立たれ出家。尼となって法名を「法均」とした。出家前の功績から、『進守大夫尼位』を授けられた。

二年後、天平宝字八（七六四）年、太政大臣・藤原仲麻呂の乱の折だ。

首謀者の仲麻呂が首を刎ねられ、さらに共謀者の貴族たちが三百七十五名も逮捕された。法均様は称徳天皇に助命減刑を懇願。全員死罪を免れた。それだけではない。広虫姫は乱によって親を亡くした子、八十三人を養育。みなに夫の葛木の姓を与えた。姫と呼ばれる所以だ。まさに聖女。お主同様、誉れ高い」と椙田様。

「姉上には恐れ入る。母性に勝るものはないな。病弱であるからこそ己よりも他者を想いやる。天子様も同様だ。権威の象徴となった称徳天皇の心痛たるや幾ばくか……」

真人様が申しますように称徳天皇は己の境遇に心を痛めたことでしょう。

父は聖武天皇、母は光明皇后。娘時代は安倍内親王《アベノヒメミコ》と呼ばれ女性で初めての皇太子となったお方。やがて父が娘へと譲位しアベノヒメミコ皇太子は孝謙天皇となりました。その後、絶大な権力を持つ藤原仲麻呂の親戚男子・淳仁天皇に皇位を譲り、孝謙天皇は上皇となられました。

我が児を持てぬ覚悟も含め女性として現人神になられた苦は計り知れません。

天皇家を操る藤原家への懸念もあったでしょう。

母親である光明皇后の存命中は藤原仲麻呂と正面から対立はしておりませんが、仲麻呂は光明皇后の甥にあたります。藤原家の出である母の光明皇后に鬱陶しさを感じていたのではないでしょうか。

さらに父親の聖武天皇の母・藤原宮子は精神を患っているという理由で幽閉されておりました。玄昉《げんぼう》という僧侶が現れ完治なさった母の宮子と聖武天皇が逢えるまで、なんと三十六年の月日が流れていました。聖武天皇はそこで、どのような会話をなさったのか。藤原氏の天智系と天武系の両方の血を継ぐゆえに苦悩なされたでしょう。国の方針に逆らい民のために奉仕していた行基様を登用し盧舎那仏を建立しました。そんな父の生きざまに孝謙上皇（後の称徳天皇）も感化されたことでしょう。

譲位後の孝謙上皇は舎人親王への尊号を巡って光明皇后と対立いたします。「光明皇后・淳仁天皇・藤原仲麻呂」との反目が表面化いたしました。

アベノヒメミコは孝謙天皇から上皇となり再度、称徳天皇となられました。

そして母の光明皇后の崩御後、天平宝字五（七六一）年に病に倒れた称徳天皇の治癒に当たったのが河内国弓削郷《ゆげごう》（大阪府八尾市）出身の僧侶、道鏡様でした。その後、心の乱れや闇を払拭しようと、ますます仏教に深く傾倒するのです。

天平宝字八（七六四）年に藤原仲麻呂と対立して地方の役職に左遷されていた吉備真備殿を道鏡様の勧めにより造東大寺司長官に任じました。吉備真備殿を呼び戻したのは、あの鑑真和尚を日本に呼び迎えるなどの多大な功績があったからです。

同年、称徳天皇は藤原仲麻呂から軍馬の指揮権を示す駅鈴《えきれい》を取り上げました。軍隊の指揮権を無くした仲麻呂は武力で奪還しようとしましたが失敗。これが藤原仲麻呂の乱でした。

真人様が感慨深げに椙田様に言います。

「仲麻呂の乱で、私は昇格、お主はヨソメ殿と別離。果たし合いとなったが、オト殿に『をこ(馬鹿者)ふたり』と叱咤されて命拾いした」

「オトは今、美夜古巫女連にて修業の身。立派な禰宜になって、お主の守人となるのが夢というておるそうだ」

笑みながらその言葉を聴く真人様。約束通り私と逢うたことは言わずにいてくれました。

「決闘などと失態を見せた。今はお主を見習い、穏やかであろうと心掛けておる」

「なにを言う、改まって。お主こそ手本である。民の幸せのためと惜しみなく富を垂れ流す。誰も決してそのような弥勒にはなれん。

称徳天皇は想いを強く表現なさる。無理を通すこともある。しかしそれもお主同様、己のためではない。力の誇示は人のためを想うてのこと。

豊前田川郡の香春岳に降りた八幡神の元は秦氏の母子信仰。その教えに関わる行基様は聖武天皇と縁があり、さらに道鏡様は称徳天皇と深くつながる。

称徳天皇、かつての孝謙上皇は重祚《ちょうそ》して再び天皇となり道鏡様に太政大臣禅師、ついで法王の位を授けたのも私利私欲からではない。

『藤原仲麻呂も共謀者も失せた。神仏によって民、官ともに平和で安定した世にしたい』と心に誓っておるのだ。お主と似ておる」

「天子様とわしが似ておるなどと金輪際、口にしてはならん。それこそ『をこ』だ。わしは豊国の波乱も治められぬ阿呆。お主も知っておるではないか。この、お人好し。わしを買い被るな。『をこ』同志の褒め合いよりも今回の大事だ。お主は法王である道鏡様をどう見ておるのだ」と椙田様。

「お考えが天皇と同じ。その霊力にも増して、理想の世を目指している。私欲に走る貴族の権力を弱め、神仏によって、民をオオミタカラとした天皇の権威を蘇らせようとしている。

見た目が麗しすぎるのが玉に瑕。凜々しい体躯。整った目鼻立ち。あれでは美夜古巫女連の赤組（美貌の巫女）と同じく妬まれるのも無理はない。

お主も知っておるように、日本は大国の脅威に負けてはならぬと唐の律令制度を採り入れたものの無理が祟り『三世一身法《さんぜいいっしんのほう》』から『墾田永年私財法』という現実の実態に法を改めざるをえなかった。

開墾した領主がおって、律令に基づき土地を召し上げに来る国衛（国司に任じられた中央の貴族）に、更に力を持つ上司に、更に格上の皇族に、と賄賂が行き交う。そうやって下司職、領家職、本家職を成し、欲深い『職の体系』が根付こうとしていた。

そこで道鏡様と吉備真備様は、貴族たちだけが富を肥やすこととなった『墾田永年私財法』を停止する改革を行ったのだ。民の暮らしを良くするためだ。これによって賎民への解放政策も推進され、奴婢に爵位が与えられる例も出た。

称徳天皇はお悦びになり、信頼関係はますます深まった」

「そこに今回の大事だったのだな。

五月に大宰府の主神、習宜阿曽麻呂《すげのあそまろ》より、

『道鏡を天皇にすると天下泰平になる』と宇佐八幡の神託が舞い込んだ。

朝廷では様々な噂が飛び交った。称徳天皇はお主の姉の法均様（広虫姫）の提案で、近衛将監・美濃大掾《だいじょう》のお主が再度、宇佐にて真の神託を受けに行くこととなった、という訳だ。その肩に日本国と和気家の命運がかかった」と椐田様。

「いかにも。しかしいくら考えても釈然とせぬ。

称徳天皇が道鏡様を天皇に望んだなら、わざわざ皇室所縁の私を神託確認に使わすことはない。そのように詔《みことのり》すればよい。
五月二十八日、宇佐八幡へと旅立つ前に称徳天皇より『吉備藤野和気真人から輔治能真人』へと改姓を賜ったが、その折に一首の唄を頂いた。

西の海
たつ白波の
上にして
なにすごすらん
かりのこの世を

『西方浄土の海（道鏡になぞらえた）を天皇にして現世をどうして過ごせましょうか』
道鏡法王に皇位を継がせる気などないのだ。

当の道鏡様の存念は姉上より伺っておる。大宰府にいる弟、ならびに主神である習宜阿曽麻呂《すげのあそまろ》らと組んで皇位を狙うという噂も疑わしい。

東大寺大仏建立の立役者・行基様ならびに道鏡様の師でもある路豊永《みちのとよなが》法師が涙ながらに心情

を訴えに来られた。

『道鏡が皇位につくようなことになれば、わしは殷の伯夷に倣って身を隠す』と。

その御心は痛いほど分かる。

また藤原百川《ももかわ》様はこのように耳打ちなさった。

『お気に召さるな。道鏡天皇もありかと。気を楽に』と。

藤原一族でありながら飄々としておられた。

なにがどうなっておるのか、息苦しくなって天を仰いだ。雲がお主の姿になった。

質実剛健。堅物。誠実。単純。言葉を飾らぬ。威張らぬ。長《おさ》らしからぬ。それがお主だ。見習おうと決めた。すると気が楽になった」

「そうか。まあ良い。わしはお主のように立派ではないぞ。こちらもお主を想う。さすれば背筋が伸びる。

おい、もうここらでやめようではないか。先ほどから幾度も互いを褒め合う。人に見せられぬ」と椙田様。

真人様は大きくうなずくと、真顔になって問いました。

「ひとつ聞いておきたい。分かっておろうが、神の託宣を再確認する禰宜は朝廷も認めた霊能者、辛島勝与曽女《ヨツメ》だ。申し伝えることはないか」

「健やかであれば良い。それ以外になにを望む」と椙田様。

「つくづくこの世はままならんな。

この地に残った辛島家は進出よりも元宮維持を祈る。お主も保持に専念し、誠を一義にして、人々の平安を願い翻弄する。原郷を守護する気負い。恐れ入る。

宇佐八幡神宮に大神家が介入し、大仏造立援助、上京礼拝して以降、神と仏の結びが全国に広まった。神前の仏教儀礼に対して『神は仏法を悦び受く』、大仏造立援助に対して『神は仏法を尊び護る』という、神仏概念を生み出し全土に知れ渡った。

はたして元宮・香春の八幡神はこのような広がりを望んだろうか。

縄文よりの和する国だ。望むと望まざるとにかかわらず自然にあらゆるものが共立するのであろうな。

知っておるか、厭魅《えんみ》事件を。あのような不祥事を起こしたにもかかわらず、神功皇后所縁の宇佐八幡宮の権威は増すばかりだ」

「ああ、あの呪詛事件だな。誰に呪いをかけたのかは知らぬが薬師寺の行信と宇佐八幡神宮の禰宜・主神の大神田麻呂《おおがのたまろ》が結託して行なったと聞いた。詫びに八幡が朝廷より賜っていた封戸千四百、位田百四十町を返還したそうだな」と楉田様。

「御意。結果、僧の行信は下野《しもつけ》国の薬師寺に、大神杜女は日向国に、大神田麻呂は種子島に配流された。天平勝宝七（七五五）年、神宮は伊予国宇和嶺（愛媛県八幡浜）へと移った。八幡側は土地の返還を託宣というが不祥事の反省による自粛行為だった。

結果、宇佐八幡宮の祭祀実権を掌握してきた大神《おおが》氏がいなくなってしまった。

その後、八幡神宮が大尾山に帰座するまで十余年、神宮を護ったのは辛島氏と宇佐氏だ。宇佐氏はもともとの地を支配していた豪族だ。不本意だったろうが大神氏不在中は帰還の折のよき土地探しの役目をおった。

辛島氏はもともとの原初香春岳八幡の禰宜。当然、同職を任じた。初めの禰宜となった辛島久須売《くすめ》は大神の託宣を受けなかったため解任。次に志奈布女《しなふめ》と与曽女《ヨソメ》が担った。ふたりは大神の託宣をよく賜り、特に見目麗しい与曽女の評判は都にまで響いた。

お主たち秦氏が持つ技能、機織り、灌漑、建築、社殿の朱色塗料精製、鉱物薬を使う医術、精錬、鍛冶、呪術と様々な現世利益も役立った。いくら不祥事を起こそうと八幡神は日本国の護国鎮護の神として特別視され尊敬、敬愛されている。したがってたとえ大神氏が不祥事を起こそうと、その威光は揺るがない。

大神田麻呂が配所より復帰したのが天平神護二（七六六）年。

八幡神宮内では以前にも増して大神、宇佐、辛島三家の関係が微妙になっていた。

藤原仲麻呂の一派が一掃され、道鏡様が法王となって、朝廷内も混沌としている。今回の件も大いに関連がある。八幡神宮も良好とは言えない。

今回、矢面に立つ与曽女《ヨソメ》殿が健やかであるとは想えぬが……」

そこまで己の弁に興奮し堰を切ったように語り続けた真人様が、ふと口を噤《つぐ》みました。

すると椙田勝愛比様は急に立ち上がって潤んだ眼を見せぬよう庭に顔を向けました。

「きっと与曽女《ヨソメ》は気丈にやっておる」

真人様はその背に詫びました。

「いや、すまぬ。つまらん御託を並べた。どうも心配性でいかん。お主を見習うと言ったばかりの口でまた不安を吐いた。

真の禰宜は肝が据わっておる。女性は強い。私のようなヤワではない。

許せ。悪かった。お主、泣いておるのか、与曽女のために。椙田家の男は強いが涙もろい。

叔父上様もそうだった。優しいお方であった」

「お主の不安症がうつった。和気家の者は気苦労が過ぎる」

真人様も立ち上がり、庭を眺め問いました。

「椙田勝愛比よ。この一大事、お主が私だったら、どうする」

「いっさいの私情を挟まぬ。なるようになる。八幡神は我らの神。神託のままに」

「もとより」


真人様は渦巻く策略に頓着せぬ御方。憂き世であろうが、なかろうが平安を願っています。友に誠実であろうとしています。融通が利かぬし要領が悪いと反省しながら、黙って成すべきことを成せばよいと想っています。真に奥ゆかしいのです。神業に近い剣術の腕前を隠すように。

この御方から、いっときも離れてはならぬと天が申しておりますので、私は輔治能真人《ふじののまひと》様を付かず離れず見守ります。

宇佐八幡神社は大神氏の帰省とともに元あった地、大尾《おおお》の地に戻っていました。

真人様一行を迎えるために姉の与曽女《ヨソメ》は巫女たちに指示を与えています。かっての温かく丸みのある物腰は失せ、鋭い緊張感を漂わせていました。

大幣《おおぬさ》、榊《さかき》とお供えまで万端整え、巫女連が横並びに控えます。

やがて輔治能真人《ふじののまひと》様到着。

罪人であるにもかかわらず帰省して間もない大神田麻呂は最高権威として大尾社内に控え、辛島ヨソメ（与曽女）や宇佐氏たちを従えて真人様一行を出迎えるのでした。

これよりすでに放たれた言霊、その託宣の再確認という命を果たす前代未聞の儀式が執り行われます。場に居合わせた人々、社殿はもちろん、辺り全体に異様な緊張がみなぎっていました。


まず真人様は神前に宝物を奉り、次に天皇の宣命を伝えようとしました。ところが我が姉、禰宜の辛島ヨソメ（与曽女）がその言葉を遮るのです。真人様はもう一度、宣命を始めから繰り返しますが再び拒否するのでした。

すでに神の真言は八百万の光珠となって姉の与曽女《ヨソメ》に降り注いでいました。しかし姉自身が口を噤んでいるのです。

私には分かりました。姉は「語れば梏田勝愛比の命はない」と脅されているのでした。

姉は決死の覚悟です。後の処分も覚悟の上です。己が命を賭しても彼を守ろうとしているのです。

私は即座に姉の想いを真人様に伝えようと念じました。

すると真人様は崩れ落ちそうになる姉を抱きかかえ元の姿勢に正すと耳元で囁きました。

「案ずるな。椙田勝愛比は必ず守る。死なせはしない。八幡神にかけて誓う」

そのとき身の丈三丈（約九メートル）の満月のような光が現れ申されました。

「われは八幡神なり。和気清麻呂《わけのきよまろ》真人、よう来られた。みなに告げる。我が真言をヨソメ（与曽女）が望まぬなら、なにも聞かず、なにも申さぬ」

なんと八幡神が姉・ヨソメへの信頼をお示しになったのです。

姉は安堵に頬を濡らし、ひざまずいて手を合わせました。

八幡神はきっぱりとこのように申されました。

「離宮、由義宮《ゆげぐう》（称徳天皇が道鏡法師の里に建てた宮）設営の是非は問わぬ。

ただし我が国は開闢《かいびゃく》以来、君臣の分定まれり。臣を以って君と為すこと未だあらざるなり。

天津日嗣は必ず皇緒（天皇の血統）を立てよ。無道の人は宜しく早く掃除すべし」

真人様は高揚していました。具体的に誰を立て、誰を廃すは無くとも「真を得た」と確信したのです。

使用人、舎人のゴウと雑務役のロクのふたりに告げました。

「これより馬で走る。重い神託であった。お主らは椨田家に寄り、しかるのちに帰ってくればよい」

真人様はそのまま一夜を走り、明けの朝、椨田家の門前に達しました。椨田勝愛比を呼び出し、門前に現れると馬上より尋ねました。

「お主、民の暮らしに憂いておろう」

「いかにも」

「民の気持ちをシラス（お知りになる）現人神が必要と想うか」

「いかにも」

「天津日嗣は天皇家のみ。天武系、天智系にこだわらぬか」

「いかにも」

「権威ある現人神。政権を持つ朝廷。民は国のオオミタカラ。これで和するか」

「いかにも」

「いつか仁徳天皇の如く天子は民と結ばれ、官はお主のように民に慈悲を示せるか」

「いかにも」

「辛島家の父母、使用人ともに家財資金いっさいの面倒を見ているそうだな」

「いかにも」

「ヨソメ（与曽女）殿を今も愛するか」

「愛するもクソもない。辛島はすでに我が家族。お主、真人本人か、それとも朝露か。陽を背にした幻《まぼろし》と問答しておるようだ」

「早う伝えたかった。与曽女《ヨソメ》殿は立派に使命を果たしたぞ。

我が舎人のゴウと下男のロクが御乳飴の土産を持ってここへ来る。存分にお主の存念を伝えてくれ」

と手綱を引いて踵《きびす》を返し朝焼けの空へと走り去りました。

真人様はただ純粋に神託を、一刻も早く宇佐八幡宮での驚嘆を伝えたかったのです。

休みなく走り続け駅の伝馬長に伝符《でんふ》（伝馬を使用する際に見せる木契《もっけい》）を出し仔細を告げ、新たな馬を所望すると、突然その場に崩れました。恐ろしいほどの高熱に、そのまま気を失ったのです。

翌朝、目覚めると駅役人たちの制止も聞かず、再び都へと伝馬を走らせました。屋敷へ到着するなり烏帽子を新たにしただけで休むことなく宮中へ参じたのでした。

まず控えの間でひとり、称徳天皇への御目通りを待っていました。そこへ姉の法均様が足早にやって来られ、おそらく童の頃以来、数十年ぶりに弟を叱るのでした。

「帰って来ておいて姉の私に一言も無しとは。我が代理という立場なのですよ。一蓮托生なのですよ。命運とともにあると肝に銘じなさい。神託を申せというのではありません。心を問うのです。曇っていますか、それとも」

「そのように声を荒げますな。大地に注ぐ光は眩しいかぎりです」

「分かりました。では参りましょう」

その部屋の御簾の奥には称徳天皇が座しておられます。和気家の姉と弟、ふたり厳かに入室いたしました。

静寂の中に溶け込むほどの落ち着いた天子様の声が響きます。

「大儀でありました。帰途で病に倒れたと聞きました。無事でなにより」

その場に控えるみなが真人様の言葉に耳を澄ませました。

「ねぎらいの御言葉、痛み入ります。

天子様に一刻も早くお伝えしたく駅伝馬を走らせました。

真の神託を賜りましたので御報告いたします。

実を申せば託宣ではございません。禰宜の清らかなる魂に応えて三丈（約九メートル）の輝ける八幡大神が示現なされたのでございます。そして直々にお言葉を賜りました。


『離宮、由義宮《ゆげぐう》設営の是非は問わぬ。

ただし我が国は開闢《かいびゃく》以来、君臣の分定まれり。臣を以って君と為すこと未だあらざるなり。

天津日嗣は必ず皇緒（天皇の血統）を立てよ。無道の人は宜しく早く掃除すべし』

このように申されました」


一瞬、ときが止まったような静寂。明らかに緊張が走りました。

称徳天皇、自ら強い調子で問います。

「無道の人。確かにそう申したのですか」

「さようでございます。間違いなく」と真人様。

天子様らしからぬ重い声で念を押すのでした。

「八幡大神が、そのように申したと言うのですね」

その激しい口調に姉と弟はこうべを垂れたまま息を呑みます。

しばしの沈黙の後、天子様の声が響きました。

「しかと賜りました。追って沙汰します。下がってよろしい」

ここは平城京宮中より十町（千百メートルほど）南に下った板葺きの和気家の屋敷。約二百五十坪ほどの敷地内に正殿、倉庫、中庭、使用人住居もあります。姉、広虫様の都での住まいに弟の真人様がやって来て、数年ともに暮らしました。その仲睦まじさは奴、女奴（召使い）たちの様子にもよく表れて、みな屈託なく活き活きと過ごしたと伝わります。

尼となって屋敷を離れた姉と久しぶりに逢う弟は、ふたりして称徳天皇に八幡大神の託宣を伝えた後、屋敷にて心置きなく語り合いました。

真人様と法均様は幼い頃から祖父、祖母に大和の魂を教えられ厳しく育てられたと聞き及びます。互いに励まし合い慰め合い温かく豊かな情愛を育まれたのでしょう。想うたことはなんでも素直に話しました。

「確か、天平神護二年、近衛将監に任ぜられ封戸《ふこ》（古代貴族に対する俸禄制度）五十戸をいただいたときでした。せっかく久しぶりに祝いに訪れたのに貴方はろくに悦びもしない。照れ屋、偏屈、心配性、もう少し気楽にしなさい。この静けさに身を委ねなさい。自ずと口角も上がります」

「姉上、どうしてそのように落ち着いておられるのですか。私は天子様の動揺が気にかかって仕方ありません」

「憂うることはありません。
御供をした舎人のゴウと下男のロクが申しておりました。
『我らは豊前京都郡の椙田様に二日も足止めを食らいました。その間、馳走と酒をふるまわれ、和気家の御曹司、真人様がどれだけ義理堅く誠意のあるお方か、講義を受けました。その椙田様の嬉々として語る姿。真人様との友情がひしひしと伝わりました。感銘いたしました』と。
あのふたりはあなたを好いております。椙田様も同様です」

「なんですか、それは。話が違います。気になるのは天子様の御心」

「まあ聞きなさい。部下に慕われるほどの幸はございますまい。あなたは最善を尽くしました。嬉しく想います。一蓮托生。なにがあろうと悔いはありません。しかし八幡大神が現れたというのは見事でした」

「嘘ではありません。確かにこの眼で」

「ええ、それでよいのです。八幡宮へ向かう前、神託報告の場におられた方々から、なにかと言い含められたのでしょう。その方々への返答としても適切でした」

「他に誰かおりましたか。御簾に隠れた天子様以外はまったく眼に入りませんでした」

「その興奮ぶりも微笑ましい。

天子様は父の聖武天皇を意識して出雲、吉備、豊前と通じる私宅仏教、太子信仰を道鏡様同様、大切にしておられます。ときに『天皇家の血縁でない者を世継ぎに』と申されてはいましたが、いざ八幡神より『道鏡様を天皇に』と神託されると、肝が冷えたのでしょう。

今回の件を画策したであろう藤原一族はもめるでしょう。おそらく次には白壁王（後の光仁天皇）が擁立されましょう。問題はその後。他戸王《おさべおう》を推す藤原永手たちの北家と山部王を推す藤原百川たちの式家で争うことでしょう。これはもう致し方ないのです。天皇制が続くなら国体は守れるのですから」

「藤原百川様は言っておられました、『道鏡様が天子様になるのもよし』と」

「人は力を持つ者になびくのが常です。不比等様も様々心得ていらっしゃいました」

「姉上、今日はいつになく饒舌ですな」

「嬉しいのです。あなたは義をつらぬいた。夢心地なのです。

もしや我が弟が天皇を補佐し、これまで大和朝廷が成した血で血を洗う内部抗争をも消し去れるのではないかと」

「それは夢ですね。今日の姉上は私よりもタガが外れております。

そうやって私を持ち上げるほどに、こちらはますます冷静になるのです。

八幡大神に心打たれ常軌を逸していました。今さら遅いのですが一向に後先を考えておりませんでした。気配りというものが、まるで皆無でした。もっと優しき言霊を発するべきでした。

道鏡様、藤原の方々、病弱な姉上への配慮に欠けておりました。結果、天子様もあのように声を荒げなさいました」

「天子様とて真の神ではありません。心も揺れます。沙汰を待ちましょう」

しばらくして宮中を模して鳴る太鼓の音が日の入りを知らせます。月明かりとなっても話は続きました。胡麻油の灯台を用いた灯りの中で、変わりゆく時世、貧富の差、慈愛、見えざるものなどなど、尽きることなく語り合うのでした。

第二章　流され和を知る

翌、神護景雲三（七六九）年九月二十五日。和気の姉弟そろって平城宮へ向かいました。称徳天皇の沙汰を受け賜わるためです。

舎人の隼人に導かれ大極殿《だいこくでん》ではなく宮中の簡素な控えの間に通されました。しばらくすると笏《しゃく》を持った黒衣の男が現れ、うやうやしく文書を差し出します。手際よく開く紙擦れの音がシャッと冷えた屋内に響きました。

ふたりは称徳天皇から直に宣命体《せんみょうたい》（天皇のお言葉）をいただけない状況に驚きを隠せません。読み上げられた詔《みことのり》は簡潔にして耳を疑うほど限りなく無慈悲なものでした。

まず輔治能真人《ふじののまひと》様は通称・和気清麻呂から「別部穢麻呂《わけべのきたなまろ》」への改名。因幡員外介《いなばのいんがいのすけ》に任じられ大隅国への流罪となりました。

姉の法均尼こと和気広虫様も「別部狭虫《わけべのさむし》」と卑しく改名させられ備後国へ配流されることとなりました。

かつて真人様が宇佐へ旅立つ五月、称徳天皇より賜った改名が輔治能真人《ふじののまひと》でした。これは

『能く輔《たす》け治める』という厚い信任を表すものでしたが、真逆の不名誉な改名は言霊信仰の日本では最も辛い罰なのでした。

称徳天皇の「強制改名の刑」は初めてではありません。以前にも刑を受けた人物がおります。橘奈良麻呂の乱で廃太子とされた道祖王《ふなどおう》（麻度比《まどひ》に改名）や、称徳天皇を呪詛した疑いをかけられた不破内親王《ふわないしんのう》の厨真人厨女《くりやのまひとくりやめ》（台所の下女という意味に改名）などです。

姉弟は即刻、立ち去るよう命じられ、帰途につきました。あまりの容赦のない御沙汰に落胆を隠さぬ弟を気遣う姉。ともに力なく玉砂利を踏みしめました。さらに宮中を往く誰もが明らかにふたりを避けているのでした。

姉の法均尼とともに忌み名に改名されましたけれど、その御姿はどう見ても、別部穢麻呂《わけべのきたなまろ》ではございません。官位を伴う名の真人では、はばかられますので、これより私《オト》は通称の和気清麻呂様とお呼びいたします。

朱雀大路に出ると下男のロクさんが病弱な法均尼のために、うさぎ馬（ロバ）の手綱を掴んで待っていました。その背にいつものように上手く横座りした姉は小春日和の空を見上げ弟の清麻呂様に提案しました。

「これより西大寺へ参りましょう」

「なにを申されます。あの寺は称徳天皇が建立したのですよ」

「ええ。天皇が孝謙上皇であった天平宝字八年に恵美押勝の乱平定を祈願した寺。道鏡様とも所縁のある処です。その翌年、天平神護には共に参拝いたしましたね」

「天皇の姉上への御処置に承服しかねておりますのに、参る心持ちにはなれません」

「おやめなさい。昨夜も申した通り、帝の心底を計りかねるのですよ。

でもこれでよいのです。これがよいのです。和気家の姉弟は一心同体。

久しぶりに四王堂の四天王像を拝みましょう」

渋々納得した清麻呂様はロクさんに帰宅を命じ、手綱を取って自らうさぎ馬を引きました。

道すがら姉の達観ぶりに呆れ笑みを漏らします。

このようにふたりは聖武帝が建立なされた東側の高名な東大寺ではなく、称徳帝所縁《ゆかり》の西側の西大寺へと詣でたのです。


途中、真紅と白の彼岸花が緑に映える姿に、うさぎ馬の背に横座りする姉が言いました。

「なんとも鮮やかですね。心はあのようにきっぱりとはまいりません。淡く霞んでおります。弱音を吐いてしまいました。いけませんね。我らもあの潔さに習いましょう」

「尼となって達観なされたと悲しゅうございましたが、その素直な想いを聞き、安心いたしました。ただ姉上、曼殊沙華に見習うのは否かと。あれの根は毒ですから」

ふたり見上げる夕空、吹く風に薄雲の破線が前へ前へと一筋、伸びておりました。

「『世間は虚仮《こけ》なり』と太子様が妻に語りました。否を心底に置けば、より深い生を求め得るでしょう。生きてゆきましょうね」と、姉上が寂し気に申しました。


翌日、清麻呂様は姉を見送り、その足でひとり、路豊永法師、吉備由利《きびのゆり》殿、吉備真備《きびのまきび》殿に仔細の報告と別れを告げにまいりました。

帰宅したのは三日後でした。

すると屋敷は、もぬけの殻となっていました。もとより質素な暮らしをしていましたのに戸板、畳、円座、収納具、御帳台、暖簾から、衣服、食器、厨子、小箱に至るまで、なにもかも失せているのです。

声も出せず、取り乱し、顔面蒼白となり、屋敷内を幾度も駆けまわります。きっと現実を受け入れることができないのです。身体中の血は騒めいたまま、溜まっていた哀しみが止めどなく溢れているのでしょう。

玄関先に戻り、ただ茫然と凍りついたように立ち尽くしました。

改名、左遷の命を受けた直後よりも憐れな落胆ぶりでした。痛いとか、苦しいとか、辛いとか、感覚が失せているのです。生きたまま死んでいるのです。

このお方は、かような空白を幾度も幾度も体験しておられる。そう直感しました。捨て身の優しさは、姉の法均尼や椙田勝愛比様と同様、苦渋層の厚みによるのだと。

いくら錯乱しようと静寂を装う術を身につけておられる。気を確かにと願いました。

いっときほどして、ふと気づいたように神棚のある部屋へ向かいました。その床の隅に打ち捨てられた榊、陶器の破片、米粒、それに大量の土塊。それは土饅頭の成れの果てでした。おそらく踏みつけたのでしょう。ボロボロにされ、つるつるの球体は皆無です。その土を拾い頬に当てると涙がこぼれ落ちるのでした。

するとロクさんの声がします。

「あれは……、法均尼が藤原仲麻呂の乱の功で従七位下から従五位下を賜り勲六等に叙せられた後のことでした。

和気家の誉《ほまれ》は世の噂。法均尼は度々、幼子たちをお救いになっておられました。あの折も八十三人もの孤児を養子になさって、みなに夫の葛木首（おびと）の姓を授け、命をお救いになられた。

明るさを取り戻した児らが法均尼のために懸命に土饅頭を造りました。なんとも意地らしい。泥だらけになってツヤツヤになるまで懸命に磨きあげました。法均尼はえらく感動し、わざわざ立派な厨子を五つも買い揃え、土饅頭を大切に保管いたしました。

それをこの屋の宝にして神棚に祀りました。

『和気の宝。五つ厨子に入った八十三個の土饅頭』。

しかしその厨子は盗まれ、中身は打ち捨てられ踏み潰されました。面目ありません。真人様」


声を頼りに庭へ出ると奥の木に縛られた使用人の哀れな姿。

「ロク、よく生きておった。私はもう真人ではない。職を解任され改名を賜った。今の名は……」と呟きながらロクさんの縄を解きます。

ロクさんは言葉をかぶせました。

「存じております。聞きました、衛士《えじ》（諸国の軍団から上京した兵士）様に。キタナマロ。そんなものは人の名ではありません。わしは『和気の大将』とお呼びいたします」

「私は大将の柄ではないが……」

「和気の大将。申し訳もございません。この始末。

昨朝、あまりに門前が騒がしいので出てみますと、野次馬たちの間から衛士様が現れ、主人不在を確認すると御上の沙汰を読み上げました。

『住居のあけ渡し十日以内、左遷先は薩摩国、大隅。佐婆まで海路、穴門《あなと》の国、長府、赤間の関まで徒歩。忌宮《いみのみや》（穴門豊浦宮《あなとのとよらのみや》）へ寄ること。指定箇所の駅に報告すべし。赤間の関より九州、門司へ向かうこと。大隅への順路は豊前、福原府にて指示を受けよ』と、告げられ文書を『主人に』と手渡されました。

屋の周りに烏合の衆。夜になっても引く気配なく、いつしか陽も落ち、闇にまぎれ柵を越え貧相な成りをした奴《やっこ》たちが押し入りました。どう見ても盗賊などではありません。ぞろぞろと、まるで物の怪の百鬼夜行のように。女、子供も紛れておりました」

「連れ去られたのか、ゴウも、奴も女奴たちも」

ロクさんは無言で頭《こうべ》を垂れ、声を震わせました。

「ゴウは、勇ましく衆の中へ飛び込んだまま。わしも続きましたが、襲い来る者たちの姿が哀れで手出しもままならず、そのうちに取り押さえられこの様です」

「留守にした私が悪い。ゴウたちの無事を祈ろう」と、清麻呂様はその場に崩れました。

幸い、納屋の地下に細工をして隠しておいた品々はそのまま残っていました。清麻呂様は椙田勝愛比様よりの拝領絹衣のみを残して、後はすべて金子に換えロクさんに渡します。

「身なりを整え、腹を満たし、新たな奉公先へ向かえ。この書を持って吉備由利《きびのゆり》殿を訪ねよ。重々、頼んである。これまで本当に世話になった。達者に暮らせ」

ロクさんは清麻呂様がなにを言ってもきっぱりと宣言いたしました。

「仕えるお方は和気の大将、ただひとり。死んでも離れませぬ」


配流先の大隅へ、ふたりして向かうこととなりました。交通手段に手配されていたのは港々に待つ貧弱な小舟でした。船頭も港々で変わり、礼を欠き、なんの配慮もせず波の飛沫をもろに受け、濡れるわ、揺れるわ、難儀の末、佐婆に着きました。後は徒歩となります。

「ロク、身体は大丈夫か」

「お上は大将に酷い仕打ちをしますな。またどうして忌宮（穴門豊浦宮）へ参れなどと」

「まあ、そう言うな。お主とおれば心が和む。気も晴れる。身体も丈夫になる。空も海も陽も空気もよい。波飛沫も一興であった。

穴門豊浦宮は仲哀天皇崩御に合わせ建立され、聖武天皇の御代に神功皇后を奉斎して忌宮と称した。忌宮の忌は斎と同義語で『特に清浄にして神霊を奉斎する』のである。

恐れ多くも、かつて九州に向かわれるため豊浦宮を出発された仲哀天皇と神功皇后の船が穴門にさしかかる丁度そのときに下関と門司を結ぶ山が突然海に落ち込んで水路が出来たという。和気家と関わりの皇后の伝説の宮に参拝、それに海峡も越える。楽しみではないか」

「はあ、まあ、そのように和気の大将が申しますなら」

数日かけて、ようやく指示の通りに忌宮へ到着し、早朝に参拝いたしました。陽も温かな正午、赤間の関で門司へ渡る小舟を待っています。ふたりは浜の岩場に腰を下ろし、清麻呂様はうとうとするロクさんを背にして右足首の痛みに耐えていました。

実は、その朝、忌宮の参道でロクさんが茶屋の戸外に並んだ草鞋《わらじ》を求めるおり、清麻呂様がひとり木陰に居る処に、続けざまに二本の矢を放たれたのでした。とっさに身をひるがえした途端、足を挫《くじ》いたのです。辺りに人の気配はなし。松の幹に刺さった矢先には毒らしきものが塗られていました。心配をかけまいとロクさんには言わず港へ急いだのです。

中型の舟に船乗りたちが荷を積む後方に小舟が一艘。その船頭が清麻呂様に会釈、導かれるまま乗船しました。

沖へ出て海峡の真ん中あたり、巧みに櫂を漕ぐ船頭に船首の清麻呂様が声をかけました。

「赤間の関の荒潮を鎮める舟歌があると聞いたが唄ってくれぬか」

「へえ、それがあいにく新参者でして」と船頭。

それを聴いた清麻呂様の声が低くなりました。

「われらは佐婆まで小舟を乗り継いだ」

「そうですかい」

「これまで四人の船頭に身元阪木を見せた」

「そうですかい」

「お主には見せておらん。どうして我らと分かった」

船頭は真顔になると海中より櫂を引き上げ、船の真ん中にいるロクさんの脇を突き、転げたと見ると、櫂を振りかぶり清麻呂様へ向かって飛び上がりました。ロクさんを飛び越え、振り下ろされた櫂を避けた清麻呂様は、船頭の下腹部を帯刀剣の柄頭《つかかしら》で突き、櫂を奪います。さらに間髪おかずその腹帯を解き、後ろ手に縛り上げました。すべてが眼にも止まらぬ速さでした。

船頭もロクさんもなにがあったか把握できませんでした。

後は清麻呂様が漕ぎ手となり、門司の岸へと辿りつきました。


木枝を集め浜の岩陰で火を焚くロクさん。

改めて船頭と向き合うと長身で精悍な若者でした。なにを問うても口を割りません。

「大将は優しいお方だ。お仕えするわしが言うのだから間違いはない。どうして狙ったのか、白状しろ」

ロクさんの攻めを制して、清麻呂様は若者の両手を縛った腹帯を解き、その掌を見ました。

「お主、本来は情け深い。手の相に描いてある。

隼人だな。矢を放ったのもお主だな。船上において、ロクを櫂で撃ち捨てるところを転がすに留めた。狙う者以外は傷つけぬ判断を咄嗟にしてのけた。

畿内の隼人ではなく新参者。赴任は本年。今来隼人《いまきのはやと》。その眼光、見覚えがある。宮門の守衛だな。天皇の行幸に供奉し、道の曲がりに先行して吠声《はいせい》（隼人の吠える声、邪気・邪霊をはらう）もやっていた。


私を狙ったのは任務か私怨か。そんなことは、もうどうでもよい。

お主が無言を通すのなら私の話を聞いてもらおう。

『隼人には詫びねばならぬ。報いねばならぬ。

朝廷は薩摩、大隅の服《まつろ》わぬ隼人を攻めた。争いもなく暮らしておった隼人から見れば我らは侵略者に外ならぬ。その地に国府を造り、先住の隼人を追い払い豊前の民、五千余人を強制的に移住させた。火山灰で痩せた地であるにもかかわらず税を取りたてた。朝貢も毎年から六年おきと改正したが続けておる。律令制度を採り入れ富国を目指すという大義名分のもと、和気家は古代より隼人とは深い縁がありながら攻め滅ぼした。弁解の余地もない。さらに朝廷はその優れた霊力も利用している。痛みを知れと声が聴こえる。祟られても致し方ない』

これが我が叔父上の口癖であった。


私はこれより豊国京都郡の友を訪ね、仲津郡豊日別（草場）神社、霊山を経て、宇佐神宮へ詣でる。さらに日向を通り隼人の地、大隅国桑原郡へ往く。

ここにおるロクは落ちるとこまで落ちた私を気遣っておる。来るなと言ってもついてくる。だからまだ死ねぬ。

お主、どうにでも好きにしろ。ただ死んではならん。この私が役に立つなら協力する。家族が健在なら帰るもよし。お上には我が用人と言えばどのようにも成る」

若者は腹帯を締め直し、身なりを整えると大きく深呼吸しました。

「分かり申した。その言葉に嘘、偽りなし。こちらも真を語りましょう。

朝廷より隼人司に守護人の要請があり志願いたしました。貴殿の安否を山の民に伝え嶺の火台にて畿内に知らせる。任務はそれのみです。

御命を狙ったのは、貴殿が道鏡様の天帝への道を閉ざしたからです。

そもそも大胆にも天帝を討つ覚悟で隼人司に志願して都へまいりました。このような理不尽な世は呪われておると想ったのです。しかし、帝の出生や姿勢、お考えなどを知るほどに己の浅はかさが分かりました。称徳天皇は道鏡法王とともに正道を目指しておられる。ならば道鏡様が天皇になれば世は救われる。それを全否定する神託を告げた貴殿を亡き者とし、私も果てる覚悟でした」

「そうであったか。それも一理ある。ただし、我が国は大陸とは違う。どのような教えが入ってこようとそれぞれの集団が呪術、祈りを基にして言霊を信仰し、悪霊を恐れ和することとした。だが大陸では君主は徳を重んじる。徳が高ければ王になれると信じている。だから『俺の方が徳が高い』と前王族、民もともに皆殺し。当然、王朝の変わるたび文化も根絶やしにされ連続性が途絶える。

　しかし天皇は血筋で受け継がれる。殺し合いは朝廷内に留まり、民をオオミタカラとして根絶やしにせぬから遠い過去よりの暮らしの知恵が生きる。古《いにしえ》より従う者を拒まず和したおかげだ。

　もし道鏡様が天皇となれば大陸と同じになる。王朝交代のおりには文化も途絶えよう。どちらも良し悪しはあろうが八幡神は天皇制をお選びになった。

　いずれにせよ、あらがう隼人を粛清した。お主には我が叔父上も天皇家も宿敵だ」

「お察しの通り私は大隅隼人。豊国人の移住で我が先祖は日向国、薩摩国と流浪いたしました。父母は賊に殺され、薩摩国、阿多郡の地を追われ、児も妻も亡くし天涯孤独となりました。ひとり流浪しておりましたところを桑原郡の秦人に救われました」

　そこまで話すと両手を砂上につき清麻呂様に土下座しました。

「ご無礼、お許しいただきたい。

　隼人であろうが私恨はございません。その心根にうたれました。貴殿は忌宮で右足首を痛めているにもかかわらず船上にて完敗。こちらが動くよりも早い一撃。心技一体とはこれ。お願いがございます。かくなる上は弟子にしていただきたい。是非とも、あまねくご教授願いたい。魂となった妻、児、父母のためにも貴殿の守護人となりましょう」


呆れかえる清麻呂様を後目にロクさんが焦り叫びます。

「おいおい、突然現れ大将の命を狙っておいて、弟子とはなにごと。戯言《たわごと》を」

若者は、ついぞ見せなかった温和な表情で話しかけました。

「大隅隼人は一旦負けを認めれば変わり身が早いのをご存じか。

信用できぬならば勝負いたしましょう。人の真は言葉ではござらん。師のように心技体を備えてこそ。今宵は野宿となります。これより兄弟子より多くの枯れ枝を集め、獲物を捕らえ、真水を確保したならば信用していただけましょうか。師もそれでよろしいですな」

清麻呂様は呆れかえって笑みで応えました。

ロクさんは独り言を呟きました。

「兄弟子とはわしのことか」

翌早朝、まだ暗く底冷えする中、若者は清麻呂様の右足首の異変に気付きました。紫色に腫れあがっているのです。本人は一睡もしていない様子で明らかに痛みをこらえて立ち上がることもできません。うろたえるロクさんを後目に、若者は冷静にその右足首を枝で副木《そえぎ》し、我が袖を破きしっかり巻き付けて固定しました。

「大袈裟な」とけむたがる清麻呂様を無理やり背負うと足早に歩を進めました。浜を過ぎ岩場を越え、河川の畔を通り小路へと急ぎます。

後を追うロクさんは、あまりの速さに愚痴りました。

「おい若いの、もう少しゆっくり。それにこの方向で本当に駅伝道へ出るのか」

「昨日、確かめました」と若者。

「なに、わしが右往左往している間に、枯れ枝を集め、魚を獲り、竹筒に水を入れ、なおかつ公道まで確かめたと。お主、まるで矢のごとき風だな」

若者はすっと立ち止まりロクさんに振り返りました。

「それは良い。大将も兄弟子も私を若者と呼びますが、どうもむずがゆい。若くはありませんし昨日までの私はおりません。矢のごとき風とは有り難い。これよりヤカゼと呼んでいただけまいか」

若者の提案に応えたのは清麻呂様でした。

「そちに相応しい。早速だが、ヤカゼ。そろそろ私を下ろしてくれ」

「そうはまいりません。先ほどから歯を食いしばっておられる。我慢はほどほどに。右足首の腫れ、ただごとではありません」

朝霧の中、ようやく広い駅伝道へ出ると、ヤカゼは吠声を響かせました。その声は重くあって透き通り、霧の中に遠く山々の草木を揺らすのです。

その声に清麻呂様とロクさんは『人とは想えぬ』としばし異界に彷徨《さまよ》います。

ふたりが我に返ったのはヤカゼさんの普通に話す声が聞こえた時でした。

「駅伝所は眼の前です。ロク殿、手分けして大将をお守りいたしましょう。兄弟子は駅伝所の長へ仔細をお伝えください。

和気の大将。豊前国京都郡の朋友の名は確か椙田勝様。秦人ですね。忌部、葛木、加茂氏と同胞。鍛治、祈祷、さらに薬学にも長けております。このまま椙田様のもとへ参りましょう」

「ヤカゼ、しばし待て。背負われたまま豊国の公道を往くのか。それは末代の恥。賜った改名よりも情けない」

「体裁などを気にしている場合ではありません。蠱毒《こどく》に犯された如くの皮膚変。このままですと御命が危ない。我が走りは馬より早い。和気の大将にも『生きよ』と命じます。多少の恥は忍んでいただく」

そこに複数の蹄の音。前方、濃霧の中、朝陽を背に馬上の人々がいます。

いち早く気づいて声をかけたのは清麻呂様でした。

「おお、椙田か」

「やっと来られたか。待ちくたびれたぞ。ここまで、よう無事であった。ただ待ってもおられず、ここまで出向いた」

ロクさんが旅の仔細を告げますと椙田様は豪快に笑って言われました。

「和気の大将か。それは好い。賜った名など忘れろ。ヤカゼ殿。蟲毒を知り吠声をなす心優しき強者《つわもの》と見た。信ずるに足る眼力。隼人は正直だ。ロク殿も忘れてはならんな。忠義の鏡だ。達者でなにより。和気の大将よ。案ずるな。もしやと想い、念のため気性の優しい馬も療治用の鞍も用意してある。不知山正明院等覚寺《とかくじ》、恵空上人所縁の豊国法師も連れてまいった」

ようやく東南が黄金に染まり霧も晴れてまいりました。駅伝道を南へ下る一行は騎馬兵二名に守られた清麻呂様を先頭に椙田様、ロクさん、ヤカゼさん、豊国法師二名、椙田様の騎馬隊二名と続きます。二騎は先に仲津郡の福原府への報告に走りました。清麻呂様の右足を診たふたりの法師の判断で企救郡《きくぐん》の妙見山の湯場に寄り治療、祈祷を行うこととなりました。

豊前の連絡網はその素早さにおいて他を圧していました。法螺貝、音声、旗、炎を用いて瞬く間に企救より峰を越えて権現山、犬鳴峠、香春岳、求菩提山、英彦山と法師のみならず神薙たち、名だたる豪族たちにも清麻呂様の豊前入りが伝わり次々と動き始めました。

この尋常ではない豊前全体の反応は椙田勝様が仕掛けたものです。

清麻呂様が宇佐神宮の神託を賜り、とるものもとりあえず早朝、ひとり馬上にて京都郡椿市の椹田家門前に現れた日から事の成り行きを豊前中に発信していたのです。長たち、民、仏師、巫女、芸能者、商売人たちに噂を広め、あらゆる集会で伝え、文書も配りました。

人はその為人《ひととなり》、事情を知り、事の成り行きを知れば知るほど思い入れを強くするものです。初めは『我関せず』の者たちも、そのうちに新たな知らせが入るたび『清麻呂様の大事は我らの大事』と一喜一憂するようになりました。


豊前に暮らす人々の清麻呂様への関心を弥《いや》が上にも盛り上げたのは、忌み名への改名でした。天皇家との神代からの繋がりに親しみ、敬意を感じ共鳴しながら、天智朝の白村江の戦いで大勢の男たちが逝き、天武朝、皇親政治の税制に沿い、続く持統朝においても様々に変わる政策にも、大隅への移民にも、奈良大仏建立の人材派遣などにも耐え従っていましたので豪族や民たちの大多数が複雑な感情を抱いておりました。清麻呂様の命運がそんな人々の琴線に大いに触れたのです。

『天皇家を護る神託を持ち帰ったにもかかわらず、天皇に穢れた名を賜ったとは酷い話だ。それも姉弟ともに。せめて我らが御味方せねば』と胸を熱くしたのです。

さらに『大隅国への流罪』と聞いて、移住させられた同胞、家族の権化と魂を揺さぶられ、『屋敷の者も連れ去られ物品は根こそぎ奪われ、小舟で荒波に耐え、徒歩にて峰を越え、さらに足首を負傷し、憂うる隼人に背負われ入国』の報には、こぞって涙し、治癒への祈りを捧げるのでした。

はせ参じた医師、巫、薬師、修験者たちは、清麻呂様の傷ついた右足首内部に巣食い血の管を破壊する勢いの邪気、蟲毒退散の祈禱に神仏の力を得るため豊前聖地巡りを決行した後、万全を期して椛田家が椿市の山裾に建立した四天王寺内『四箇院』にて治療にあたることとなりました。

その間に和気の大将を妙見山岩場の湯に入浴させ、『四箇院』まで送る実行役は椛田様、ヤカゼさん、ロクさんの三人でした。清麻呂様を湯に担ぎ入れます。みな溢れる善意を感じ、揃って涙を隠すため顔まで湯につかりました。そこに身分の隔たりなど皆無でした。

豊前には公的な仏教伝来以前に私宅仏教が流布していました。ここで古の神々と外来の仏の対立が見られないのは、伝播した仏教が様々な国の思想、宗教を受容し変容を遂げ、現世利益に効果を発揮していたからです。要となる大和、縄文の『陽に祈り和する文化』や怨霊、御霊信仰をも融合させ得たのです。

鷹羽郡、香春岳神社にて古代の地母神信仰とあいまった新羅、秦人たちの母子神を奉祀しておりました。この八幡神が巫覡《ふげき》の強い能力を発揮し『豊国奇巫《とよくにのくしきかんなぎ》』から『豊国法師』と変容しながら、高名な法蓮和尚を輩出するなどして、優れた薬学、呪術などの効果を通じ朝廷と深い関係を結んでおりました。

　豊国奇巫が雄略天皇の不予のため治療にあたり、その後一世紀を経て用明天皇の病のとき豊国法師が招かれております。難なく『奇しき巫』から『法師』へ名を変え、神と仏が共立しているのです。


　秦人、秦氏の文化推移のさまは忍冬唐草模様と似ています。

　飛鳥時代の工芸品に見出される忍冬唐草文様は、雲崗などの南北朝芸術にあるばかりでなく、中央アジアのトルキスタン、ガンダーラ、ササン・ペルシア、サラセンを経て東ローマにまでその源を求め得るハニーサックル文様と同じものです。実にアッシリア、エジプトに起こりギリシャで大成され、東西両国の広大な地域に分布し、最後に極東の日本に到達した世界的な文化の伝播を物語ります。


　この島国・日本は、和し融合させ、いらぬものは放棄し、独自性を産む才に優れています。特に白鳳、飛鳥の時代、仏教芸術における建築、彫像の他国にない優美、深みは眼を見張るものがあります。

　興福寺の天龍八部衆、特に阿修羅像、五部浄像や唐招提寺の鑑真和尚像など、母の生命力を尊び、天災、病、争い、謀略、様々な要因で混乱期に奪われた生命の鎮魂を基本としながら、大陸の文化、制度、宗教、芸術を取捨選択し、混乱の中にこそ創り得た奇跡の賜物がひしめいています。

清麻呂様の話に戻りましょう。

直接、治療にあたれぬ豊国の医学、薬学にも優れた呪力者たちも徐々にその人数を増してゆき、清麻呂様のために豊前の誇りにかけて祈りを捧げます。行列して峰を越え、八幡神発祥の香春岳の元宮、次に平尾台、犬鳴峠を越え、かつて景行天皇が行宮をおいた御所ヶ谷《ごじょがたに》、恵空上人の開いた神仏を共に祀る一大霊場、不知山正明院等覚寺上宮の白山妙理大権現、下宮の天形《てんぎょう》星戸取明神《せいとりみょうじん》、左峰の白山大行事（祭神アメノミナカヌシノカミ）、右峰の老翁宮（祭神オオクニヌシ）、奥の院、青龍窟の青龍大権現龍女豊玉姫の下へ、さらに麓の仲津郡豊日別（草場）神社へ。目的の四天王寺『四箇院』に至っても、休むことなく祈りを捧げます。院内では襟抜きの師たちが清麻呂様に薬草、薬石の投与。猪の表皮から採取の針治療を施します。

清麻呂様の紫紺色の腫れも徐々にひき、痛みも和らぐのでした。

このような状況で、このような状態に陥る偶然は限りなく必然であった気がします。

清麻呂様は生きる糧を豊前、大隅の人々への贖罪に見いだし、彼を知る老若男女たちがその右足首の治癒を願う。みなが己よりも他を思いやる。このとき豊前は限りなく純粋を希求して精錬する坩堝《るつぼ》と化しました。

椙田様は清麻呂様が求菩提山護国寺、英彦山高住神社、宇佐神宮参りを望んでいると知り、その旨を豊前各郡の豪族たちにも知らせました。するとみな「お供する」と部下を引き連れ列に加わるのでした。そうやって名のりを上げる豪族たちの仔細を嬉々として伝えるのは椙田様です。仲津郡から宇佐へ向かい、一刻も離れず、同行します。多分、大隅の国府までご一緒する覚悟なのでしょう。

霊山への参拝も終え、宇佐入りの頃には馬上の清麻呂様を先頭に仏僧、巫、神主の後に豊前豪族たちも百騎を超え、民たちも列に交じり三百余名となりました。沿道にも合掌する者や野次馬が入れ代わり立ち代わり押し寄せ、大和国が執り行う放生会《ほうじょうえ》の大行列よりも活気に溢れました。

清麻呂様は小椋山麓の高台にて、集まったみんなに威勢よく足踏みをして完治を知らせ、御足労の礼と感謝の意を伝えました。しかし、その後も誰ひとり引き返す者はおらず、山の東にある宇佐神宮（大尾社）まで行列は続きました。事情を知る神宮側も大神氏、辛島氏、宇佐氏ともに、参道をも満たす人々を出迎えるのでした。

もちろんかつて椙田様の許嫁であった我が姉、辛島ヨソメも姿を見せておりました。

宇佐神宮への恩礼参りには、清麻呂様がふたりを会わせたいという意図もあったのです。しかし椙田様と姉・ヨソメは言葉もなく一瞬、視線を交わしただけでした。その一挙一動を人知れず見守っていた清麻呂様の姿に侘しさが漂いました。

宇佐神宮にて三百余名はようやく四散いたしました。宇佐を後にして、椙田様、その配下の舎人二騎、タカジさん、セイさんを護衛に清麻呂様、ロクさん、ヤカゼさんの六名は大隅国西南の桑原郡国府へと日向の駅伝道を目指しました。

ロクさんがヤカゼさんに話しかけます。

「旅立つ前、和気の大将の留守中に屋敷が賊に襲われたのだ。奴《やつこ》、女奴《めやつこ》も連れ去られ、友のゴウは行方知れず、わしはひとり庭の木に縛られた。なにもかも奪われ、死んでお詫びしようと想っていたところに和気の大将が戻って来た。今はお主もいる。椙田様もいる。舎人のタカジさんとセイさんにも会えた。有難い。そうは想わぬか。なあ、ヤカゼ。なんとか言え。お主は言葉が足りん」

返事もせず空を仰ぐヤカゼさん。しばらくしてポツンと一言。

「感無量」

「おいおい、それだけか。生意気な。べらべらとしゃべったわしが阿呆のようではないか。もっと年寄りを労われ」

「いかにも。兄弟子、ロク殿は素直で正直。守るべき御仁。ここでは一番の年長。亀の甲より年の劫。お守り申す」

「生意気な。ひとつ、忠告する。日向で襲い来る輩は十中八九お主の同胞、隼人だ。懲らしめても命を奪うなよ」

「安心召され。ロク殿以外、みなが殺めず撃退する技は心得ております」

「な、生意気な」

馬上の五名は、みな笑みを漏らしましたがロクさんだけ苦笑いです。

桑原郡の大隅国府に到着を報告し、晴れてヤカゼさんも公認の清麻呂様世話役人の命を賜りました。

椙田様が別れを告げます。

「春にまた来る。ここの住人は元・豊前の民。六年ごとの朝貢は免れておるが軍役は課せられている。大隅国人として同胞の豊前兵とも戦った過去もある。天平宝字八年から二年間(七六四～七六六)桜島大噴火が続いた。暮らしも危うい。いまだに朝廷への不満もある。

和気の大将。お主は『争いを好まぬ』素地がある。天皇より忌み名を授けられ左遷されたゆえに豊前同様、慕われている。大隅の力になってやってくれ」

「心得ておる。謹慎の身で役立つなら必ず応える。なにからなにまで世話になった。足も完治した。お主の忠恕《ちゅうじょ》（優しさと思いやり）に報いねば男ではない。ロクもヤカゼもおる。案ずることはない。それよりも宇佐神宮参拝の折はヨソメ殿と……」

清麻呂様の言葉を椙田様が遮りました。

「おお、そうだ。神通力もさることながら右足首には針治療が思いのほか功を奏した。煮沸した猪の毛が針治療に役立つとは驚いた。自分が情けない。実にいい加減だ。和気の大将とは違うて、わしが秘伝書を読んでおらん証拠だ」

国府官僚の離れに暮らすこととなった清麻呂様。

面倒見は人一倍。己は責めても人は責めない。持って生まれた清麻呂様の度量を椙田様は知り抜いていましたから、国府役人に相談役を任じるよう推薦したのでした。

案の定、その人柄が遺憾なく発揮され、民のみならず、役人からも苦情、相談を受けるようになりました。『和気の大将』の名は一月ほどで大隅国に広がり、『会うだけで癒される』と評判になりました。大隅国府も大いに株を上げたのはいうまでもありません。

ヤカゼさんは隼人司であったことから国府幹部兵の兵法の教師を頼まれ渋々応じることとなりました。訓練中にいつも清麻呂様の徳を称えました。

「我が師、和気の大将は襲い来る刃を流水の如く添うように避け、相手の懐に侵入し柄頭《つかがしら》で急所を打つ。瞬時の早業。決して命を奪わぬ。本物の剛者とは剣を抜かず、温情をもって、強きをくじき、弱きを助ける」

ロクさんはそんなふたりの世話役でした。洗濯、掃除もさることながら貴重な米を主食とせず栗や根菜類を工夫して調理し健康管理。無くてはならぬ山の神、女房役となっていました。


ある日、清麻呂様はヤカゼさんの真実を知ることとなりました。

清麻呂様が大隅国府の役人に呼ばれ出向いたところ、見かけぬ族長の喧嘩に遭遇したのです。怒鳴り合うふたりはなんとか取り巻きの人々になだめられ、その場は収まったものの当人同士の憤懣やるかたない様子はひしひしと伝わりました。

いつもの監査役人に問えば、このように申すのでした。


「今日も二名。これで八人目。このままではいつか他から貴殿の耳に入る。その前にお知らせしたく、御足労願いました。

ヤカゼの生い立ちですが、どこまで御存じでしょうか。

三年前のこと。突然ここに現れまして舎人に志願したいとの嘆願でした。先祖は豊前人が来る前、この地にいた大隅氏一族であると申します。

面談で漢詩を披露するなど豊かな教養を会得しており、特別に幹部立会いのもと、試験を行いました。読み書きは言うに及ばず、計帳などの名簿の勘合、隼人風俗歌舞の心得、『天皇の守護人』としての十里先へも届こうかという見事な吠声《はいせい》、更に、比類なき剛腕であったのです。精悍な容姿も幸いし、審査者全員一致で合格となりました。優秀な独身者の志願兵ということで大宰府への連絡も滞りなく、初めの十ヵ月、隼人と豊国の教えを習合させた鹿児島神社で修業、さらに一年この大隅国府で働き、今年に今来隼人として朝廷の隼人司へと配属。それが一年も経ずに貴殿の世話役として里帰りです。

ヤカゼなどと名乗っておりますが一目瞭然。噂を聞き帰省を知った豪族たちが、養子にしたいと騒いでおるのです。今日は日向国の贈於《そお》郡、薩摩国の阿多郡の豪族二名が鉢合わせして言い争う始末。困ったものでございます。そのうち無礼者が直接、貴殿宅へ押しかけるやもしれません。

しかし悪い話ではありますまい。誠意があり、ことのほか人に優しい。育ちが良い。あれほどの人格者が貴殿を師と仰いでいる。

時折、表情に闇を感じませぬか。悲哀というより死相に近い。いとわず率先して死地へ赴くような、死に急ぐような。気がかりなのです。

『薩摩国、阿多郡の長との諍《いさか》いで両親、妻子とも亡くした』。

いくら問うてもその仔細を白状しません。

闇の要因はそこにあったのです。気になりまして薩摩国府にも彼の過去を問いました。しかし一向に手がかりはありません。

それが今年になって、薩摩国の盗賊一派の手下が賊長を殺したと出頭して来ました。そいつは長への情報収集報告も任されていたのです。

ご存じの通り、薩摩国は大隅国よりも小豪族が多く領地が狭いため民たちが貧しております。口分は米でなく畑地ばかりです。さらに桜島の大噴火も追い打ちをかけ、朝廷の支配から逃げ出す者が絶えず、隼人たちはもちろん、肥後から移住させられた者たちさえも賊と化すのでした。ですから族長の狂った非道な行いに心を痛める部下も少なくなかったのです。

その手下いわく、ある日、山中の砦に賊長を訪ね烏帽子姿の中年男がやって来て、長々と道徳を語り、提案をしたそうです。

「悪事とは縁を切り、力を合わせ薬草農園、工芸制作をやってみないか」

賊長はこのように返事をしました。

「詳しく話を聞きたい。改めてそちらへ伺いたい」

そうやって住まいを聞き出し、訪れてみると裕福な屋敷で麗しき奥方の実家でした。

賊長は端から屋敷の主人である訪問者の話を聞く気はありませんでした。屋敷の夜襲を決行。主人はもちろん男は皆殺し、娘、奴、女奴は売り払い、奥方に乱暴し悲鳴の中、切り刻んで殺めました。離れに住まう被害者の息子は山岳武術修行で留守。翌朝、帰省して惨状を眼にしたのです。

後日、盗賊と協力しようとした父親の不祥事が判明し、妻子とともに生き残った息子は同氏家を破門にされ、薩摩国追放となり、さらに妻とも離縁させられました。しかし妻はその沙汰を受け入れず児を連れて大隅国へ向かう夫の後を追ったのです。

それを知った賊長は山裾で妻を待ち伏せ、侍女と児を斬り捨て、妻に乱暴したあげく悲鳴の中、またもや切り刻んで殺めました。あまりの惨たらしさに連れの配下数名が嘔吐したといいます。金品、着物をすべて奪ったのは言うまでもありません。

盗賊の部下は皆へ帰る気力もなくなり、しばらく木立にもたれているとその悲惨な現場に若い男がひとり現れました。あれはきっと殺された妻の夫。気配を感じ山道を引き返してきたと確信したそうです。虫の知らせがあったに違いない。

身ぐるみ剝がされ乱暴され血に染まった妻と共に幼児と侍女の斬り捨てられた亡骸を眼にして呆然としている夫。彼はその場に泣き崩れ、狼のような声で三度吠えた。それを幾度も繰り返す。その夫であろう男が、もし自分であったら……と今も身震いが止まらない。

賊長はもはや人ではない。麗女と見れば必ず乱暴し切り刻む惨さ。それを黙って見ていた我らも地獄へ落ちる。狂える物の怪を生かしてはおけないと決意して、深夜、深酒し寝静まったところを見はからって寝首を掻いたそうです。

やり切れませんな。

賊を更生させようとした父親の行動が原因の惨事。戦禍を生き抜いた苦労人だったのです。なんとか殺戮や略奪を止めさせたかったのでしょう。その息子は父母、妻子と一度になにもかも亡くした。それも母親と妻は乱暴されたあげく殺されたのです。

高名な豪族の屋敷が襲われたことを薩摩国府が知らぬ訳がない。事件の一部始終を国府に伝え、最後に念押ししました。

『賊長殺しを自白した本人を捕らえている。このまま隠匿するなら都へ引き渡すが、よろしいか』

するとなんと、後日、使者が来訪し謝るのです。

『くれぐれも内密にお願いいたす。被害者遺族の要望があり、無かったこととして伏せていた』

ただでさえ多い統治混乱の中での不祥事を、ひとつでも減らせぬかと苦心惨憺していると白状しました。

その生き残った息子が今、貴殿の弟子となっている。自分としては安堵しております。いまだに生きているだけで嬉しく想います。

本人は口にしたくもないでしょう。一応、報告まで。心に留めおきください」

話を聞いた後も清麻呂様はいつも通りヤカゼさんに接し日々を過ごしました。

夜明けには三名で国府付近の村を見回り、通常通り、清麻呂様は、国府、豪族、民と渡り合い、ロクさんは家事、掃除、ヤカゼさんは武術修行、指導にと励むのです。

凍てつく季節が過ぎ弥生三月、米を土産に椙田様がやって来ました。タカジさん、セイさんも引き連れて。慌ただしく近隣の村人に米を配り、三日目の晩に芋粥で祝い、四日目に帰るのでした。

暑さの堪える季節となった夕刻のこと、ロクさんが庭へと大声を張りあげました。

「おーい、ヤカゼ。今朝、蚕屋の娘がゴボウにキュウリを持ってきてくれたぞ。昨日は辻向こうの娘がかぼちゃ。その前は神社守の娘がニガウリにオクラ。お主がおれば、食うに困らん。娘たちが噂しておるが薩摩、日向から婿養子の話もあるそうだな。ありがたい話だ。婿養子も好し。好きにしてくれ。我らに気を使うことはないぞ」

それを聴いたヤカゼさんは鍛錬の棒撃ちを止め表へ飛び出しました。

丁度そのとき、帰省して門扉の脇にいた清麻呂様がこっそり後をつけてみると、ヤカゼさんが河原の堤で夕陽をあび肩を震わせ男泣きする姿を眼にしました。

声もかけず、そっとひとり離れに戻るとロクさんが庭でうろうろしています。

「和気の大将、お帰りなさいまし。そこらでヤカゼに会いませんでしたか」

「案ずるな、じきに戻る。それより今日もいらっしゃったのか、世話役の隼人翁は」

「ええ、律儀なものです。国府勅令であるからと毎週欠かさず。先週は草履に手桶、今日は新たな着物と頂き物ばかり。それでなくとも、大将とヤカゼの人気で差し入れの数々。周り近所にお裾分けが当たり前になりましたよ。翁にも煮野菜を持たせました。住めばミヤコですな。有難いことです」

「ロクよ。良かったな、生きておって。ヤカゼはどう想うておるのか」

「さあ、どうでしょう。あいつ、ふと表情が陰るときがある」

「我らと同じか」と清麻呂様。ふたり、笑みました。

その夏、神護景雲四（七七〇）年八月四日、称徳天皇、崩御。即時、藤原家が中心となって、白壁王（後の光仁天皇）を皇太子としました。

八月十七日、大和国添下郡《そえじもぐん》佐貴郷（奈良市山稜町）の高野陵《たかのみささぎ》に天皇が葬られますと、道鏡様はその御陵に仕え、山稜の辺りに庵《いおり》して留まりました。

この機に法王をけむたがっていた坂上苅田麻呂（坂上田村麻呂の父）らの告発で道鏡様は行政の表舞台からは遠ざけられましたが、これまでの功績もあり、下野《しもつけ》国薬師寺に高位の別当として左遷という軽いお咎めとなりました。

その翌日には道鏡様の弟、弓削浄人《ゆげのきよひと》（大宰帥・大宰府の長官）はその息子の広方、広田、広津ともに、兄・道鏡様を皇位に就けようとした罪で、土佐国に配流されました。

もちろん清麻呂様は無罪放免。至急、大隅国から呼び戻されることとなり、郷里への報告で下毛郡の分間の浦より瀬戸内の佐婆、風速の浦、玉の浦を経る海路を往くため朝廷より在来型の準構造船が手配されました。もちろんロクさんもヤカゼさんもいっしょです。

一年足らずの大隅国暮らしでしたが人々に慕われ、大いに愛しまれて惜しまれながらの帰省となりました。椙田様が分間の浦に見送りに訪れましたが急ぎの都入りとあって再会の約束を交わすのみでした。

同じく左遷されていた姉の広虫様とともに九月六日、入京。

翌年三月、不名誉な改名から姉と共に和気宿禰《わけのすくね》姓に改姓。従五位下となり播磨員外介に復帰しました。

入京後、清麻呂様は姉上と添下郡佐貴郷、高野陵の称徳天皇に手を合わせた後、下野薬師寺の道鏡様を訪ねました。

別当の道鏡様は姉弟の労をねぎらい自ら御堂前で待っておられました。

「御足労いただきまして真にかたじけなく想います」

清麻呂様は恐縮して数歩下がり、道鏡様に謝りました。

「最初の託宣が嘘であったと奏上いたしまして申し訳ございませんでした。

これに助長され『道鏡法王が大宰府の弟君をたぶらかし天下を狙った』と噂されました。

天子様の想いなどお構いなしに、仏法僧を政治の場から排除する企ての片棒を担ぐ結果となりました。後先も考えず、なんの配慮もいたさず、面目ございません」

道鏡法師はその詫びを制し、ふたりを御堂へ導き刈薦《かりこも》（敷物）に座らせ、自らは板張りに半《はん》跏趺《かふざ》坐し申しました。

「おふたりともこの一年、よう耐えられた。

晴天の空に薄暗い堂におりますと隙間からの陽光の筋にチリが舞います。所詮、私たちもあのような塵芥《ちりあくた》と同じ。個々の地位や名誉がどうのこうのなど空しいものです。光明はありがたいものです。みなを照らし、すぐなる（真っすぐな）道筋を見せます。

和気清麻呂様。あなたも姉上の申す通り真っすぐなお方。

神託を賜って光を見たのでしょう。とるものもとりあえず我を忘れて天子様に奏上された。尊い行ないをなさった。それでよいのです。ですな、法均尼」

「ええ」と法均尼。

道鏡様もうなずきました。


法均尼が清麻呂様に伝えます。

「そうですとも。

道鏡様は医師として、私は世話役として称徳天皇にお仕えしました。

天子様は常に徳に重きをおき、私欲を戒め、民を想い、憂いに病に倒れてもなお己を律しました。その素直に悦び、祀りごとに憂うる姿に道鏡様と私は心を奪われました。

称徳天皇の想いは慈愛に満ちていましたよ。

『強者が弱者を私物化するようであってはならない。長は民を、民は長を信じる。いにしえの豪族たちが成していたように争わず合議で事を成し、誰もが豊かに暮らせる世にする』

そのためには陽と月があるように、権威と権力を分かつ。分かりましたか。

この言葉は道鏡様の受け売りですけれど」

法均尼とともに笑みを浮かべる道鏡様。

「法均尼と私は、都度に話し合い称徳天皇の志を死守すると決めたのです。たとえ我が身が難に見舞われようと。しかし、そのために貴殿には迷惑をおかけした。こちらこそ謝らねば」

そう言いながら頭を深く垂れると清麻呂様が制します。

「いやいや、おやめください。実際、天子様は我らを改名、流罪にするほどお怒りになっておられた」

「そうではありません。複雑な想いに、世を嘆いておられたのです。侍従しておられた同志の吉備由利《きびのゆり》殿、吉備真備《きびのまきび》殿が、御身体にさわりますからと終始、慰めておいでになりました。

我が身は天子様から遠ざけられておりましたから、最後に医師としてお会いできたのは春の終わりでした。病弱な御身体に心労も重なっておりますのに、初めは毅然《きぜん》とした態度でいらっしゃった。華奢になられておいででした。

法王に任命していただき、格別のご配慮も賜り弓削の地へ宮を建立していただいた。様々が去来し目頭が熱くなりました。

すると天子様の表情が緩み、迷惑をかけたと謝るのです。

『結局のところ、そなたを天皇にと処かまわず不用意に発言していました。それが仇となりました。世次を巡って朝廷内に仏法への不満を招き、藤原家の対立をあおりました。なによりも道鏡様の名に泥を塗る結果となりました』

そこで私は穏やかなる心情を言葉にいたしました。

『結果として、八幡大神の神託もいただいて天皇の威厳も保たれました。嬉しゅうございます。ただひとつ、和気の姉弟のへご処置は厳しすぎたのではございませんか』

すると称徳天皇は玉座をお立ちになり歩み寄って座しました。頬のふくらみはすっかりこけておりましたが素直な眼差しで応えていただきました。

『いまだに心乱れます。どうにもならぬと分かっていても諦めきれません。そなたには素直に申します。朝廷内の誰もが知る周知の事実。血統の断絶です。

和気真人はこのように奏上しました。

我が国は開闢《かいびゃく》以来、君臣の分定まれり。臣を以って君と為すこと未だあらざるなり。天津日嗣は必ず皇緒（天皇の血統）を立てよ。無道の人は宜しく早く掃除すべし。

この『無道の人』はそなたではない。

無道とは天武系の血を引く天皇すべて。天武、文武、元明、元正、聖武、孝謙、淳仁、それに私、称徳なのです。この血脈を無道と言いのけました。

和気の姉弟を責める道理はないのです。許すもなにもないのです。この身体が後、どれほど持つか。せめて命の尽きるまで、ほんの少しの間、あらがうのです。

私はどう想われようとよい。ですが天武帝が天智天皇と息子である弘文天皇を廃したとはいえ日本国体の基礎を築き、その系譜はオオミタカラ（民）のために神と仏を敬う和の心、大和の魂を説いたのです。それを無道とは……』

このときの称徳天皇のなんと小さく映ったことか。蝋のように滑る白い肌となり生きておられる。お辛そうでした。もとより命ある限りお守り申す覚悟。恐れ多くも、そのか細く白い両の手を取りました。

『ご無礼をお許しください。このように冷とうなっておられる。お察しいたします。天子様はご病弱な御身体ゆえ悪気に侵されておるのです。無道はわたくし以外、考えられません。それを疑う者は誰一人おりません。ご安心召され。

昨年十月一日の、あの熱い宣命体《せんみょうたい》を忘れてはなりません。

これだけは心の内に留めおきください。

上古より続く和合の魂がおいそれと廃れる訳がありません。天武天皇の系譜が途絶えようとも、数々のご功績、御志は永久に受け継がれますぞ。いずれ必ず日本は他国もうらやむ慈愛の国となりましょう。民あっての護国を願う天子様の心労は必ず報われます』

宝珠の涙をこぼして泣いておられました。それからこのように申されました。

『和気の姉弟はいずれ赦免とする。もしそのときこの命が尽きていたなら謝っておいて欲しい』と」

「称徳天皇はそのようなご心持ちであらせられたのですね。なんともお労しい。

姉ともども是非ともお伺いしたかった。我らへのご沙汰から五日後の十月一日に発せられた宣命体《せんみょうたい》（天皇のお言葉）とは」と、清麻呂様が道鏡様に問いました。

「一字一句、諳んじております。お聴かせいたしましょう。

『口に出すのも畏《おそ》れ多い新城《にいき》の大宮《おおみや》（平城宮《へいじょうきゅう》）に天下を治《おさ》められた中天皇《なかつ》（元正天皇《げんしょうてんのう》）が臣《しん》たちを召《め》しご遺言《ゆいごん》として仰《おお》せられるお言葉を、みな承《うけたまわ》れ。

「汝《なんじ》らを召《め》したのは、朝廷にお仕えする様《さま》を、教えようとして召《め》したのである。心穏《おだ》やかにしてみな承《たまわ》れ。

まずは貞《ただ》しく明《あき》らかに浄《きよ》い心をもって、朕《ちん》の甥《おい》である天皇（聖武天皇《しょうむてんのう》）にお仕《つか》えし、お護《まも》り助け申し上げよ。

次にはこの太子（阿倍内親王《あべないしんのう》。後の称徳天皇《しょうとくてんのう》）に仕《つか》え、お助《たす》け申し上げよ。

朕《ちん》の教える言葉に従わないで、王《おう》たちが自分の得《え》ることのできない帝《みかど》の尊《たっと》い位を望み、人を誘って悪く汚い心で道理に背《そむ》いた陰謀《いんぼう》を企《くわだ》て、臣下《しんか》たちは、それぞれの贔屓《ひいき》によって、この人についたり、彼《か》の人に頼《たよ》ったり、頑迷《がんめい》で無礼《ぶれい》な心を抱《いだ》いて、よこしまな謀《はかり》ごとを構《かま》えたりする。

このような人たちを、朕《ちん》は必ず天翔《あまかけ》り見て、退《しりぞ》け捨て除《のぞ》くであろう。彼らには天地《てんち》の与える幸せもないであろう。この様《さま》を知って、明らかに浄《きよ》い心をもって仕える者を、朕は慈しみ哀れんで、よく取り計らうものである。またこのような人は、天の与える幸せを蒙《こおむ》り、後世まで一門が絶えることなく、お仕えし、栄えるであろう。ここのところを知って、謹《つつし》んで浄《きよ》い心でお仕えするように申し上げるために召したのである。」』

『口にするのも畏《おそ》れ多い朕《ちん》の天《てん》の帝《みかど》の帝皇《ていおう》（聖武天皇《しょうむてんのう》）がお言葉として、このように仰《おお》せられた。

「朕《ちん》に仕える緒臣《しょしん》たちで、朕《ちん》を君主と思う人は、大皇后《だいこうごう》（光明子《こうみょうし》）によくお仕《つか》え申し上げよ。朕を思っているようにお仕えし、朕と違うとは思うな。

次には朕の子の太子《たいし》（阿倍内親王《あべないしんのう》）にも明らかに浄《きよ》い心で二心なくお仕え申し上げよ。朕に子が二人いるということはない。ただこの太子一人だけが朕の子である。この朕の心を知って皆の者はお護《まも》り助けお仕え申し上げよ」』

『さらに聖武天皇《しょうむてんのう》は、朕《ちん》（称徳天皇《しょうとくてんのう》）に仰《おお》せられた。

「朕は身体が疲れているように思うので、太子に皇位の継承《けいしょう》を授《さず》ける。天下の政治は慈《いつく》しみの心をもって治《おさ》めよ。また仏法《ぶっぽう》を栄《さか》えさせ、出家者《しゅっけしゃ》を優遇《ゆうぐう》し、次に諸々《もろもろ》の天神地祇《てんしんちぎ》の祭祀《さいし》を絶やさず、下は天下の諸々《もろもろ》の人民《じんみん》を憐《あわ》れむようにせよ。

この天皇の位というものは、天が授《さず》けようと思われない人に授《さず》けても、保《たも》つこともできず、またかえって身を滅ぼすものである。朕《ちん》が立てた人であっても、汝《なんじ》の心で良くない人と知り、自分の目にかなう人を立てることは、心のままにせよ」

また朕《ちん》が忘れられない言葉がある。

「朕《ちん》が東人《あずまびと》（東国の人）に太刀《たち》を授《さず》けて仕《つか》えさせるのは、汝《なんじ》の身辺《しんぺん》の護衛《ごえい》として護《まも》らせようと思ったからである。この東人《あずまびと》たちは常に『額《ひたい》に敵の矢が立っても、背中には矢を立たせまいぞ』と君を一心《いっしん》に護《まも》る人たちである。

この心を知って、汝《なんじ》は彼らを仕《つか》えさせよ」

このような事情《じじょう》をわきまえて、諸々《もろもろ》の東国《とうごく》の人たちは謹《つつし》んで仕えるように。』

『さて、口にするのも畏《おそ》れ多いお二人の天皇（元正と聖武）のお言葉を、朕《ちん》は頭上《ずじょう》に承《たまわ》り、昼も夜も念持《ねんじ》しているけれど、理由もなく人に言い聞かせることもできずにこれまできた。いま機会を得て、諸々の人に聞かせたいと召《め》し集めたのである。それ故《ゆえ》、いま朕《ちん》が汝らに教え申すお言葉をみな承《たまわ》れ。

そもそも君主《くんしゅ》の位というものは願《ねが》い求めても得ることは極《きわ》めて難《むずか》しい、ということをみな知っている。

先《さき》にこの位を得《え》ようとした人は、謀《はかりごと》が拙《つたな》かったのである。我こそは十分うまく謀ったので必ず成功するだろうと、いろいろに願い祈《いの》ったりする。けれども、やはりそこは緒聖《しょせい》や天神地祇《てんしんちぎ》や歴代天皇の御霊《みたま》がお許しにならず、お授《さず》けにならないので自然《しぜん》に人の口から漏《も》れたり、自分の口からも出てしまって、かえって身を滅《ほろ》ぼし災《わざわい》を被《こうむ》り、ついには己も他人も罪《つみ》に陥《おち》ってしまったのである。

このため天地を恨《うら》み、君主《くんしゅ》や緒臣《しょしん》をも恨《うら》む。しかし、それでも心を改《あらた》めて、直《ただし》く浄《きよ》くあるならば、天地の神々も憎《にく》みたまわず、君も見捨《みす》てられず、幸せを蒙《こおむ》り、身も安らかとなるであろう。

生きている時は官位《かんい》を賜《たまわ》って栄《さか》え、死後は善《よ》い名を後世に伝えられることであろう。

古《いにしえ》の賢人は言っている。

「身は灰と共に地に埋もれても、嘉《よ》い名は烟《けむり》と共に天に昇る。過ちであることを知ったなら必ず改めよ、善いことを知ったなら忘れるな」（出典「千字文」）

それなのに、口では自分を浄《きよ》らかだと言いながら心の穢《きたな》い人を、天は守ってくれず地は容《い》れないのである。

この教えを忘れず保《たも》つ人は褒《ほ》め称《たた》えられ、捨てる人は謗《そし》りを招くであろう。

やはり朕《ちん》が尊《たっと》び拝《おが》み読誦《どくじゅ》する「最勝王経《さいしょうおうきょう》」の王法正論品《おうほうせいろんほん》に述べられている。

「もし人が善悪の所業《しょぎょう》をなせば、今この現在、緒天王《しょてんのう》たちは護衛していて、その受けるべき善悪の報《むく》いを示すであろう。もし国民が悪業《あくごう》をなしているのに王たる者が見逃し、禁じなかったならば、これは秩序ある正しい道理とはいえない。悪を罰するには法に定めるようにすべきである」

この故に、朕《ちん》は汝《なんじ》らを教え導くのである。現世においては世間の栄華《えいが》や幸福を蒙《こおむ》り、忠《ただ》しく浄《きよ》い名を顕し、後世では人間世界・天人世界の勝れた楽しみを受けて、ついには仏になれると思って、皆にこのことを教えるのである』

【続日本紀　抜粋】

天皇の御心はかくも麗しいものでした。個々を責めることなく正道をお示しになり皇位継承者は己が決めると宣言したのです」

「途絶えてしまう最後の天武系天皇としての哀しみ、恐怖、憤り。迷いの森に身を置きながら気丈な態度をお示しになったのですね。

『上古より続く和合の魂がおいそれと廃れる訳がない。天武天皇の系譜が途絶えようとも、数々の御功績、御志は永久に受け継がれる。いずれ必ず日本は他国もうらやむ慈愛の国となる。民あっての護国を願う天子様の心労は必ず報われる』

憔悴《しょうすい》された称徳天皇に、道鏡様はこのように申されたのでしたね。

しかし国内外の混迷もあり、様々な問題が山積みです。

楽観的に過ぎませんか。是非ともお聞きしたい、道鏡様のお考えを」

「これは考えではありません。

日本国は自然ありき。この地にいて風や水や生命を受ける者が『押し』て『引く』鼓動の真実を感じ取るのです。すべて均衡で成り立っております。遥か古代から続く伝承、精神、魂と、大陸からの文化、思想、宗教とを坩堝にて溶かし、合わぬものは消え去ります。

推古朝より体系化された国体を、天武天皇はさらに推し進めなされた。

律令の規定では、天皇の御璽《ぎょじ》（詔書、法律、政令、条約、信任状などの公文書への天皇の印）が押された詔書がないと物事は動きません。しかし押印の権限は天皇にありません。太政官という合議組織が奏上した案件を天皇は追認するのみです。

太政官が天皇の御璽を管理しているからです。要は実権を持つのは太政官で、『天皇は建前上の権力者』となっているのです。

『権威』を天皇に、『権力』を朝廷に分けたのです。

また『天皇』が『民』をシラス（お知りになる）国として大嘗祭を設け、新嘗祭を国家的祭祀に高め、主要な官邸儀式の多くを創りました。『天皇』は『民』のために祈り、『民』はそのような『天皇』を誇りに想うのです。

伊勢の式年遷宮を始めるなどの惟神の『神道』と、一族ごとに仏舎を造り礼拝せよと詔《みことのり》する独自（ミトラ、道教、景教なども含む）の『護国仏教』の両立も図られました。

さらに和歌、舞踊、芸能も推奨なさった。官民ともに多様な文化を育んでこそ豊かさが保たれる道理を感じ取っておられました。『浮き世』と『憂き世』の均衡です。両立させ認め合う。美しい、良いと想えば取り入れる。頂点を創らず民と官と天皇が連帯するのです。

武力をもって天皇となった天武帝は権力と権威を我がものとした皇親政治の天皇といわれております。しかし、その力で古来よりの精神『争わず、話し合い、和する』を徹底させたのです。混迷、策謀の最中、天武系の天皇たちは日本の平安のために対外政策に果敢に取り組んだのです。」

「私も姉上も、そのように想っております」

清麻呂様の言葉に法均尼もしっかりとうなずきました。

道鏡様は、さらに言葉を続けました。

「そのような天武帝を慕う称徳天皇が『アマテラスの子孫が統治すると定めた天壌無窮の神勅』を揺るがせました。

その点では敵対された藤原仲麻呂様と同様だったのです。

ふたりとも大陸からの影響を強く受けておりました。

『徳の高い者に王位を譲るも良し』とお考えになった。

この私などを天皇にと口走ったり、己を女帝と呼ばせたりしました。貴殿らを含め、忌み名を多く与えたのも、改称、改変を好んだ唐の則天武后に感化されたからです。

儒教に浸った藤原仲麻呂様は天皇家の血統よりも己の方が『徳』が高いとうそぶき、新羅攻めも決行しようとしました。それを阻止して唐の侵略を防ぎ日本を救うたのは称徳天皇なのです。ご立派であらせられます。誇らしく想います」

と、道鏡様はお顔を伏せられ大粒の涙を零しました。

「どれだけ道鏡様が称徳天皇に添っておられたか、よう分かります。この法均、痛いほど」

「これが最後となりましょうから、ひとつ聞いていただきましょう。

これは仏法僧の言葉ではありません。生涯をかけてお守りすべき宝珠を失った阿呆の戯言です。

その阿呆は宝珠をさらに輝かそうと己が力量を得るために旅へ出ました。お守りすべき宝珠を白日の荒野に置き去りにしたのです。案の定、私を遠ざけた者によって宝珠は粉々に打ち砕かれました。その輝きさえ葬れば、己が手塩にかけた別の宝珠を奉るだけでよいという策略。みごと成し遂げました。

称徳天皇は病に侵され、ときに弱気になられ不用意な発言もございましたが、必ず背筋を伸ばし、あるべき姿をお示しになりました。天命を受け入れ、気負い、あらがい、気丈に、優しく、気高くあろうと己を律しておいででした。

涙ぐましいその御姿は常に淡い輝きを放っておられました。

『宝珠の如き女帝より、信頼と有り余る栄誉を授かった身でありながら、国も、民も、なによりその心身も、いまだにお救いできぬ』

私は焦り苛立ち袖に隠した拳を握りしめておりました。

そんなやるかたない想いを見透かしたように藤原永手様が進言なされました。

『今こそ本領発揮なされよ。世のため女帝のため法王自ら霊山祈願を』

願ってもないと即刻、仏僧を伴って聖地を巡りました。このときこそ、お傍に仕えねばならぬはずでしたのに。さらなる神通力、修力の充実という私欲も手伝い、策略を見抜けませんでした。霊山行脚して、称徳天皇がお亡くなりになる八月四日も山中におりました。最後までお逢いすることも叶いませんでした。


死期を悟ったのか女帝は宝亀元（七七〇）年六月十日、朝廷軍事権を左大臣・藤原永手様と右大臣・吉備真備様に任されています。藤原家である永手様はともかく、吉備真備様に軍事権を持たせたのは自身の亡き後、少なくとも天武系天皇に仇なすことにはなるまいと期待しての決断でしょう。

ところが崩御後、女帝の遺志ということで白壁王が即位いたしました。しかしこれはあり得ません、天智系の白壁王を称徳帝が推すなど。父系は天武系の皇族でなくてはならぬのです。

朝廷の臣たちは天武の孫、元皇族で参議の文室大市《ふんやのおおち》様を次期天皇として推戴《すいたい》（長として上に立てること、おしいただくこと）し、そのように勅書も女帝の名で用意されていたのです。それを藤原永手様が『次期天皇は天智系の白壁王』とすり替え公表したと聞きました。

私を遠ざけ、豊国法師の投薬も許さず、病気平癒の祈禱も行われておりませんでした。毒を盛って徐々に女帝を死に追いやったのでしょう。それが証に、称徳帝は聖武一族の墓所、佐保山に葬られておりません。親であられる聖武帝、光明皇后も、弟の基王《もといおう》、大祖母の元正天皇もそこに埋葬されておりますのに。

おそらく称徳帝は病死や自然死ではなかったのです。通常の場に埋められぬほどの穢れに満ちた死であらせられたのです。

吉備真備様は即刻、右大臣を辞職いたしました。藤原家の百川様も態度を変えました。

今さら謀《はかりごと》に気づいても、いたし方ありません。これで天武系の血筋は断たれ、再び天智系へと移行しました。この結果は死をもってしても償えぬでしょう。口惜しい。いくら悔めども輝きは失せたまま。ただただ世の無常に憤るばかり」

「しかとお聞きいたしました。この尼の受け売りも、ひとつ聞いていただきましょう。

『真を申せば、天武帝がお亡くなりになって、持統天皇と藤原不比等様が統べたときより、すでに天智系、持統王朝となりました。

持統系の皇族と藤原氏は原則を作りました。それは女帝の血を引く男系の子孫に天皇位を継承。後はその皇后を藤原氏から出し、生まれた男子を次代天皇とすること、です。

天武天皇には藤原氏と血の繋がらぬ息子である高市、舎人、弓削、忍壁と年長者の皇位候補者がいたにもかかわらず、持統自ら天皇となられました。若くして亡くなられた我が子、草壁皇子の遺児、軽皇子《かるのみこ》に皇位を継がせるためです。子ではなく孫に皇位継承を託しました。よって不比等様が編纂に関わった日本書紀に『天子降臨』でなく『天孫降臨』と記したのです。そもそも天智天皇と天武天皇は真の兄弟でなかったのでは……。

ああ、もうここらでよいでしょう。正史の闇を憂いてばかりです。

しかしながら光明もあります。藤原こと中臣氏も祭祀の家系。手柄を奪いこそすれ、縄文より続く和合の魂は生き続けるでしょう。』

このように申されたのは、道鏡様でございますよ」

「私も姉上から道鏡様の言葉を頂き、我が座右の銘としております。『知識、技能は己が努力で得られる。しかしこの世は、なにをなそうとも、なるようにしかならぬ。憂き世に浮き世、やるかたなし、いたしかたなし、あらがい、したがい、笑い、泣きながら、生命をつなぐ。〔艱難、汝を珠にす〕せめて世のため人のため希望を棄てず、背筋を伸ばすのです。日の本は権力ではなく、必ず和魂の権威がオオミタカラによって支持され存続するからです』

これも道鏡様のお言葉ですよ」

「清麻呂殿。

剛腕をひけらかさず、たぐい稀な優しさと誠意を備えた益荒男《ますらお》ぶり。

そなたの姉上は真の強さを秘めた本物の手弱女《たおやめ》であります。本物とは踏み潰されようとも、折り曲げられようとも、しなやかに応じ、また元に戻る強さを秘めております。

ようもはるばる、ここまでおいで下さった。生涯、忘れませんぞ。思いがけない姉弟の来訪に嬉々として、タガが外れました。そこ方が菩薩のようであればこその、邪鬼の放言。この場だけのものと、どうか、くれぐれも水に流していただきたい」

「道鏡様の深い恩愛の情。称徳天皇はお幸せでございました」

そのように声を震わせ涙する法均尼でした。

第三章　恩に報いる

宝亀元（七七〇）年十月一日、天智系の皇太子・白壁王が即位し光仁天皇となられました。以降も朝廷内の策謀が相次ぎます。天武の血を引く他戸親王が皇太子を廃され、さらに身分を庶民に落とされ、幽閉先にて母とともに急死します。こうして天武系の皇統は完全に絶えてしまいました。

翌宝亀二（七七一）年三月、清麻呂様は左遷を解かれ従五位下に復位し、姉とともに道鏡様を訪ねた後、ひとり思索にふけるのでした。

「いかに生くべきか」

ふと思い立ち、早々にロクもヤカゼも伴わず、豊前京都郡の椹田勝愛比様を訪ね、ともに二人の恩師である沖川《ちゅうせん》上人の庵へ向かいました。

上人は東南アジア、ユーラシアと交易地を巡る海人族族長の長男として誕生いたしました。二歳にして嵐を鎮め、人の心を読む霊力がありました。父はその非凡な力を認め、八つにして、泣く泣く代々神職である鷹羽郡・赤染本家の養子に出すこととしました。元々、高貴なる長《おさ》の長男は神官となり、家督は末子に譲る習慣があったのです。上人は常に航海をともにしていた父との別れを想い出すたび涙していたといいます。

以降、香春岳本宮にて十余年、豊国の私宅仏教を学び、英彦山の山岳修行、修験道、陰陽道の源流を修行、会得し、『清行免士』として諸国行脚いたしました。

往く先々で水を清め、大地に豊穣をもたらし、不浄を払い、病を癒すなど、人知を超えた確かな験力を示しました。そのおりに藤原家姻戚である豊前中臣郷の長を不治の病から救ったことにより、噂は朝廷にまで達しました。ともに修行に励んだ路豊永法師の推薦もあって左大臣よりお抱えの護国鎮護法師として望まれました。

ところがなんとそれを断り帰省。京都郡権現山の恵空上人亡き後、不知山正明院等覚寺、奥の院・青龍窟の守護人となり、私たち美夜古巫女連の導師も兼任いたしました。

後に権現山が修験者の一大聖地となる素地を築いた功労者です。

老齢を迎えても師は青龍窟の側に暮らし、ひとり窟へ籠り龍形岩に結跏趺坐して修行を続け、神仏に祈りを捧げております。英彦山や求菩提山の隔絶された修行者と違い、麓の民たちと親しくし、鉱物薬や薬草を精製し、さらに験力をもって、人々の病んだ心身を癒すのでした。

そんな師の庵へ山道をふたり、悠々と峰から峰へ。東方を見下ろせば裾野に広がる大地は京都郡、仲津郡、その先に凪の周防灘。遠く海原の果ては天空となり、そよぐ風に葉音、平尾の峰に小鳥もさえずり、桃源郷と見まがうばかり。

椛田様は山道北側に連なる峰を見上げ言います。

「お主は愉快だ。晴れて朝廷に復帰するなり、我が家に訪れ挨拶もなしに言い放つ。『福原国府への報告は後回し。まず、ともに沖川上人に会いにゆこう』

唖然とした。等覚寺を通して師に尋ねれば、『後進の指導を棄てておいても庵にて待つ』と返答あり。即刻、こうして師の草庵へ向かっている。

見よ、遥かに続く山々に晴天の空。この清々しさ。遠い記憶も鮮明になる。覚えておるか。懐かしい幼き日のこと。

お主が叔父上と我が椛田家へやって来た日のこと。上目遣いで恥ずかしそうに、まるで乙女のような色白で麗しい身なり。稚児祭りかと、たまげた」

「こちらもたまげた。お主は浅黒く、頬を真っ赤にして仁王立ちで見下ろして、まるで興福寺の阿修羅であった」と、清麻呂様。

ふたり高々と笑います。

「あれは我らの叔父上らが揃って鎮西府として再設備される大宰府の世話役に任命され、お主を伴って、わざわざ豊前の我が家に訪れたのであったな。

意気投合し遊ぶ算段をしていたのに、即日ふたり揃って沖川上人に預けられるとは想ってもいなかった」と、椙田様。

「その通り。腹が減って三日で根を上げ、脱走したが捕まった」と、清麻呂様。

ふたり再び空を仰ぎ存分に笑いました。


「いろいろあったが、互いに競い合ううちに、だんだんと面白くなった。

お主は華奢に見えて、棒切れを持てば千人力。ただし決して攻めて来ぬ。相手を動かし隙を突く。こちらは尻と背ばかり叩かれて悔しい思いをした」と、椙田様。

「お主は見た目通りの怪力。投げ飛ばされてばかりであった。

師の月夜話は格別に楽しかった。ここら一帯の霊山といわれる山々、福知山、貫山《ぬきさん》、香春岳、蔵持山、飯盛山、求菩提山、彦山（英彦山）、犬が岳、松尾山、八面山、稲積山、御許山《おもとさん》、それにこの普智の山。聴こえぬもの、見えぬもの、言葉にならぬもの、様々な豊かで奥深い恵みを授かった」と、清麻呂様。

「それにキノコも川魚も木の皮も虫も、なんでも食った。腹も下し、風邪もひくし、打ち傷、擦り傷、切り傷も絶えなかった。

お陰で漢方のありがたさを、身をもって知った。服用する量で薬にも毒にもなる妙。それに師の手かざしで完治する神業も見た。あんな真似は到底できぬが、我らは変わった。臨機応変な対処を覚えた。こうやって生きているのが証だな」

清々しく言い放ち胸を張る椙田様。

清麻呂様は眼下に広がる京都郡、仲津郡を見下ろし、真顔になって告げました。

「姉とともに道鏡様を訪ねた。称徳天皇が逝かれ、行政権をなくされても慈悲の心に偽りはなかった。心が震えた。高鳴りが治まらぬ。

この身はどうだ。己に問うてみた。確かに成したいことがある。遂げたいことがある。それを夢見ながら、過ぎたことをくよくよと考え落ち込む。

返り咲いた矢先に出端をくじかれた。格下げとなったのだ。真人の名も取り上げられた」

「それがどうした。

真人の名が朝臣へと降格されたのであろう。豊前の者はみな知っておる。誰も気にもとめておらん。みなは肩書などでなく、その誠意に惚れておる。汚名を取り消され、名誉回復できたではないか。誇りを持て」

椙田様の言葉に清麻呂様は一言。

「ありがたい」

「もっと楽にしろ。見よ、我らを。秦人、秦部、隼人と様々の民が波乱の大和朝廷に添うておる。一喜一憂は常。いちいち動じておれば身が持たん。

『朝廷も混迷し、藤原は分家、内部抗争も絶えぬ。それでも国体は守る。それでよい』

そのように言うたのは、お主だぞ」


しばらく尾根を歩いていますと遥か前方に無数の足音が響き、草木が騒めきました。

「あれは鹿の群れ。麓へ走る。大事の前ぶれか」と清麻呂様。

遠く山路の先に眼をやると信じられぬほどの大岩が往く手を塞いでいるのでした。

ふたりは大岩まで走り、木々をなぎ倒し落ちてきたであろう跡を見上げました。そこかしこに砕けた木々や小岩の数々。上方にあるのは師の庵と青龍窟です。

瓦礫に行く手を阻まれながら駆け登りました。すると庵は跡形もなく岩に潰されており、人の気配はありません。その右斜め上にある青龍窟の入り口はそのままの形を留めています。

「生きておるなら声をお掛けください」とふたり、叫びながら窟へ急ぎました。

窟内の岩場を下りると祭祀場には陽が差し、中央には龍形岩が鎮座し、その正面に御霊鏡を祀る祭壇も昔のままでした。でもその奥に広がる闇より異様な気配が漂います。寄せ来る生温かな風は重く深い吐息のよう。なにかが蠢いているのです。

揃って、恐る恐る闇へと向かうと、地鳴りのような轟音が幾重にも反響し、奥から巨大な煌めきが迫って来ました。それは一本の牙だけで八尋《ひろ》（約十四・四メートル）もあろうかという青龍でした。赤黒く光る両眼で見下ろし、体表の鱗を燻し金に輝かせ、鋭い爪を引きずり、鼻先を地表に下ろした途端に耳をつんざく凄まじいひと吠え。洞内の壁面がボロボロと崩落。ふたりはその場に崩れ落ち、瓦礫に埋もれてしまいました。

気づけば沖川上人《ちゅうせん》が龍形岩の上に結跏趺坐しています。

「よく来た。幻影の数々、愉快であったろう。心づくしの歓迎儀式だ。青龍の出現、驚いたか。さすがに信じられぬ、変であると疑ったか」

「いいえ」とふたり。

「変わらんな。さもありなんと信じてしまう。しかし正直者は強運、加護を得る。わしもお主らを見習って、初心に帰り、こうやって青龍窟の伝説を再現してみた。覚えておるか。修行初日に伝えた伝承を。

神代、景行天皇が青龍窟を住処としていた土蜘蛛を征伐し、窟の入り口を塞いだ。それから数百年が過ぎた三十三代推古天皇三（五九五）年、八月十三日。東方から怪光が走り、山々が鳴動。歳星が青龍とともに降り来て、窟の入り口を塞いだ岩を砕いた。塞がれた青龍窟入口が推古朝に再び開かれた。海神の娘・神武天皇の叔母であるトヨタマヒメを祀る聖地として蘇った。これにより不智山等覚寺が生まれたのだ。

豊前と大和王朝の縁は深い。

アマテラスの『天岩戸』開きと推古朝の『青龍窟』開きを重ねているのだ。

朝廷が対外を意識して日本を形創ったのが推古朝であるからだ。天の岩戸よりアマテラスオオミカミが御出ましになって世に陽が戻ったように、推古朝をもって大和心が体系化され、希望の光が注いだのだ。

推古天皇と蘇我馬子が結び、才能ある若き聖徳太子（厩戸王）を摂政とした。その太子の寵臣が秦集団の指導者・秦河勝。この体制の下に国家としての体が記されたのだ。


乙巳《いっし》の変を起こし蘇我氏を滅亡させたにもかかわらず、目的は異なれど天智天皇も推古朝に形創られた国体を推し進めた。武力で天皇の座を勝ち取った天武天皇は、さらに大和の和する魂を鮮明になされ、我が国を『日本』と知らしめ、『日本書紀』の編纂を開始させた。」

清麻呂様、椙田様は熱心に耳を傾けます。

「秦河勝率いる秦氏は、機織、灌漑、精錬、鍛冶技術などを伝授し、惜しまず大和政権に尽くしている。

雄略天皇の時期に全国に分散していた秦の民が秦造酒（秦公酒）に総括されたと『日本書紀』に記されている。つまりそれ以前から渡来していたということだ。豊国豊前には聖地・香春岳を中心に主に秦人の鍛冶師祭司族が暮らし、地元人にも秦部となる者が多数いた。

天皇家に仕えた物部氏、大伴氏、他氏族たちはもとより、蘇我氏、聖徳太子も豊前とは深い関わりがある。仲津郡の豊日別（草場）神社の神官は大伴家のムラジムネナリであった。新羅、伽耶から来た秦人、それに秦部の人々も香春岳、英彦山を聖山として仏教公伝以前より伽藍仏教とは異なる母子信仰、窟信仰の私宅仏教を定着させ、弥勒菩薩を拝んでいた。聖徳太子が執政をしていた白鳳期に豊前に建立された寺跡の遺構や瓦などの多くは太子所縁の法隆寺様式である。椹田家が建立した京都郡椿市の寺は推古天皇、聖徳太子にちなんでいる。浪速四天王寺と礎石位置が全く同じであることもそれを表している。」

話は日本と仏教との関わりへと及びます。

「日本が仏教化されていると言うが、単なる仏教ではない。日本化された教えである。

かつて宣教師として季密翳《りみつい》というペルシャ人が景教徒とともに来日しており『マタイの福音書』の八章と『十戒』を聴き習った光明皇后が夫の聖武天皇の許しを得て福祉施設をお造りになった。寺院そのものが『敬田院《きょうでんいん》』。貧困の人、病人、孤児などを収容する『悲田院《ひでんいん》』。無料で病人に薬を分け与える『施薬院《せやくいん》』。無料で病人の世話をする『療病院《りょうびょういん》』。そこで自ら看護活動をなさっておった。この行為に仏教徒は『高貴な御方が病の者に直に触れてはならない』と批判している。豊国に定着する私宅仏教、弥勒信仰と同様に、もともとの仏教の教えとは異なるからである。しかし椹田家も光明皇后を尊び、氏寺に福祉施設『四箇院』を置いた。光明皇后に倣ってのことだ。かつて辛島ヨソメもそこで看護活動をしておったな。

また寵臣・秦河勝が葛野の地に建てた広隆寺は寺の形をしておらん。四角く大きな出入り口があり、その屋根には黒い十字の印がある。そこにある弥勒菩薩、半跏思惟像の右手の指は三位一体信仰の象徴形をしている。

ミロク思想はインドにおいて四世紀に潰れかけていた仏教に危機感を感じた仏教徒が基督教メシヤに対抗できる救い主を求め、基督教やペルシャの宗教のメシヤ思想が取り入れられた賜物だ。そのようにしてマイトレーヤの思想、ミロク思想となったのだ。インドのマイトレーヤは中国ではミレフ、日本ではミロク、ヘブライ語ではメシア、ギリシャ語ではキリストだ。これらはあくまで一部にすぎぬ。

日本人は縄文の古代より自然に畏怖の念を抱き、呪術を重んじ、先祖神、地母神を尊び、祝詞をあげ、言霊信仰を決して捨てず、『良いと想えば取り入れ、合わぬものは排除』の取捨選択をする。できるだけ争いを避け、集団で和する性分が身についている。

日本には海人族や当時の隋を通して、多様な文化、宗教、技術などが流入する状況にあった。シルクロードを伝わり唐朝に流入したギリシャやローマ文化、メソポタミア文化、ヘブライ文化、イラン文化、北方ユーラシア文化、インド文化、チベット文化、さらに中国、韓国文化に至るまで、それらが混淆融合した知識と技術の一大体系が波及している。その痕跡がはっきりとみられる。

北九州東部、周防灘に面するこの豊国が要となったのは、様々な文化、宗教の合流、精錬の坩堝の地となっておったからだ。鉱物を産する香春岳を神域として鷹羽郡、京都郡、仲津郡に居住していた鍛冶、祈祷の秦氏神職とともに推古天皇、蘇我馬子、摂政、聖徳太子（厩戸王）と寵臣、秦河勝が『和する』国体をお示しになったのだ。」

上人はさらに続けます。

「我が師匠、辛島の叔父上が語っておった。

額田部皇女（後の推古天皇）は天皇に推されても『畏れ多い』と三度も断った。

そこで皇女に承諾をいただくために朝廷より提案がなされた。

『天皇は民のことをお知りになるだけで結構です。ことは摂政がいたします』

これにより推古天皇は即位され『天皇が民をシラス（お知りになる）国』となった。

人は人を知れば知るほど気にかけるようになる。現人神、天皇とて同じ。シラス（お知りになる）ほど情が移る。自ずと慈愛が目覚める。

権威、権力の両方を手にする他国の王とは異なり、

『権威は天皇に、権力は政治を行う朝廷に』という分化が為され施行された。最高権威の天皇が民をオオミタカラとし、よくお知りになる。権威者がそのようにある以上、権力者も民のために尽力しなければならない。

後年、天武天皇はこれを文書化し我が国の制度に組み込まれている。

推古二年二月、推古天皇は『三宝（仏教・仏、法、僧）興隆の詔』を発する。

氏寺の建立を盛んにして十数年がかりで政権を安定させた。

そして推古十五（六〇七）年、聖徳太子は『敬神の詔』を発する。

『これまで通り山海の神々を祀り、神々の心を天地に通わせ、神祇の祭祀を怠ってはならない』と。

このふたつ『三宝（仏教・仏、法、僧）興隆の詔』『敬神の詔』によって神と仏、異なるものの両立を公認したのだ。争わず和する精神を国体とした。

さらに太子は豪族たちの集合体であった世に、『十七条の憲法』で上下の調和を説き、『冠位十二階』で蛮行を黙らせ、和する文化を築くため『三経義疏《さんぎょうぎしょ》』『四天王寺縁起』『天皇記』『国記』『臣連伴造国造百八十部幷公民等本記《おおむらじとものみやつこくにのみやつこももあまりやそとものをあわせておおみたからどものもとつふみ》』『先代旧事本紀大成経《せんだいくじほんきたいせいきょう》』等を著した。

自国、他国の歴史を踏まえ対立を乗り越え、みなが共存する素地を示したのだ。

開かれた青龍窟とともに国土にも光明が注がれた。

天皇家の祖といわれる山幸彦が青龍窟に祀られる権現、海神の娘・豊玉姫と添い誕生した児、ウガヤフキアエズノミコトが豊玉姫の妹・玉依姫《たまよりひめ》と添い生まれた児が初代神武天皇となる。

天孫族と海人族が血縁をもって和合し、その子を長とする。事実はともかく、我が国の神話はこのように記された。これに誇りを持て。

この話、覚えておるまい。ふたり揃って初耳であろう。居眠りしておったからな」

「これは遊び盛りの幼子には難しい。壮大過ぎて理解不能でございます。眠りを誘うのは致し方ありません」と椙田様。

「『大和心が続く限り権威と権力が分かたれた国体が維持され、いつの日か和する世になる』ですね。我らはたびたび睡魔に襲われましたが、師は常々、慈愛を説いておられたので、御心は充分、分かっております」と清麻呂様。

沖川上人はしっかりとうなずきました。


椙田様が師に尋ねます。

「天皇家の安泰を支え和する世を目指す。これを頼りに我ら豊前の民は租税にも、大隅への移住、兵役にも耐えましたが、お上は殺生を繰り返し、怨霊に祟られるなど混迷が未だに続いております。本当に平穏なる世は訪れましょうか」

「変革期の混迷は避けられぬ。大和の言葉で話し、この地に暮らしておれば、いらぬものはいずれ省かれ、私利私欲では動けぬようになる。富に甘んじれば己も崩壊する。偏った正義をかざす独善も排除される。いずれ奴隷階級の賎民も失せよう。『バチを被る（ばちがあたる）』は生き続ける。この青龍窟にはかつて政権にあらがう者たちが暮らしておった。

世は押しては引く浜の波。そうやって浄化される。留まれば朽ち動けば開かれる。考えるだけでは屁の足しにもならん。お主らは豊穣の風土を悦び、これまでのようにあれ。

和気は八幡神の神託を受け、左遷され、豊前の慈愛を知り、大隅に奉仕して、再び官界に復帰した。

椙田は別離して己を見失い、さらなる修行に挑み、朋友の情けを知り、和気を助け、他を想う心を深淵にし、これに尽くした。

明暗、表裏はともにある。『いつかきっと』と歩むしかないのだ」

清麻呂様と椙田様はしっかりとうなずきました。

「成したいことがあります。そのために、是非ともお聞きしたい。辛島への師と椙田の想いを」と、清麻呂様。

「お主が、わざわざ椙田を連れてここへ来たのは、我らの辛島への想いを直《じか》に聞きたかったのだな。

わしは混迷の世に頓着せぬ。だから豊国豊前の権現山、天井が岳に籠った。

ヤマタノオロチ退治も、イザナギの異界訪問も、ウミサチ・ヤマサチの争いも、ここ豊国伝承とひとつに重なり合う。今や通過点となったこの地の明暗を憂いても致し方ない。過去の真実など消え失せる。流れゆくのがならわしだ。無常は致し方ない。

ただ辛島家については物申したい。

郡家《ぐうげ》の郡司、大領の椙田。お主が国司、長官の守《かみ》より民の信頼を得ているには理由がある。長きにわたって、縁戚である辛島家の格式を守り、援助を惜しまず、どのような儀式においても蔑《ないがしろ》にしなかった。だからヨソメと別れたときも、豊前中の民が、お主の哀しみに添い、立ち直りを願ったのだ。

まず椙田、この地に残った辛島を語ってみよ」

「京都郡を離れなかった辛島は今や我と同体。大権現、ならびに師と友の前で正直に誠を申す。まずヨソメと別れた当時は未練が勝り取り乱した。今は、しみじみと懐かしい。

鉱石のある豊国の鷹羽郡香春岳を聖山として、そこには神代より鍛冶、祈祷の民が住まい、それを頼りに採鉱、精錬、養蚕、機織りなどの技術集団の秦人、秦部が集まった。一ノ岳（現代は三ノ岳）からは金、銀、銅、鉛、亜鉛、鉄、石炭が採れ、神代より採銅所があった。

『日本書紀』には「天香山《あまのかぐやま》の金《かね》を採りて、以て日矛《ひぼこ》を作らしむ」とあるが、『古事記』には天香山を「天金山」と書き、鉄を採って「鏡」を作ったとある。今では金、鉄、銅と区別するが、古代はすべて「カネ」であった。この「カネ」によって作られる「カガミ」は天香山の「カグ」。香春岳は田川郡、京都郡、仲津郡辺りの天香山、天金山であった。さらに古い伝説では『隕石製錬タタル（タタラ）』に通じるとされる。

香春《かわら》神社の神官三家は新羅、伽耶から渡来した赤染氏二家、鶴賀氏一家。その赤染氏と同族に神鏡を造る長光氏と辛島氏があった。辛島氏の男子は鍛冶師、女子は巫となる正当な家系である。」

椙田様は続けます。

「香春岳の神を祀る香春神社は採銅所のある三ノ岳（一ノ岳）。ここの銅で八幡神の御神体の鏡を鋳造したので鏡山といわれた。祭神は母子神で三座、「カラクニ・オキナガオオヒメ・オオメノミコト神社」「オシホネノミコト神社」「トヨヒメ神社」が併記されている。本来は二座で三座目の「トヨヒメ」は後に追加された。

伝承にはこのようにある。

『オキナガタラシヒメが鏡山に居まして、姫の鏡が石となり山中にあるから鏡山という』

オキナガタラシヒメは、応神天皇の母、神功皇后。

和気家の祖は垂仁天皇皇子ヌテシワケ。その曾孫《ひまご》にあたる弟彦王《おとひこおう》は神功皇后とともに朝鮮征伐に出征し、都に帰省しようとする皇后を襲撃した忍熊王《オシクマノオウ》を撃退。この勲功によって備前・美作に封じられ、代々郡司として栄えた。

和気家の祖が守った神功皇后は御子である応神天皇とともに宇佐八幡宮の祭神となった。これは辛島氏により鷹羽郡香春岳を源郷とする母子信仰が移されたものだ。

大神家に気を使い、今ではこの事実を誰も語ろうとしなくなった。心苦しい限りだ。

不幸中の幸いは、辛島家と和気家、我が梏田家とは秘伝をも伝え合う仲になったことだ。わしはお主に刃を向けた。こうやってふたり揃って師の前におるのはヨソメの妹、オトのお陰《かげ》だ。師も同様、辛島と我らは深い結びがある。それを想えば、いくら苦があろうと前へ進める。辛島の恩、忘れてはならぬのだ」

「よう分かる。肝に銘じる」と、和気清麻呂様。

続けて師が口を開きます。

「己の手柄は忘れてかまわん。だが恩は忘れてはならん。

鷹羽郡、京都郡の境におわす辛島家の姉妹、ヨソメとオトはこの青龍窟にて修行し開眼した。あの力量たるや比す者がない。また、わしがここにおるのは亡くなられた我が師・辛島の叔父上のお陰である。人格、教養、神通力ともに頂点にあった御方だ。

またその辛島家は宇佐に移られた同族と変わらず控えめであった。表に出ず二番手にあまんじた。決して威張らず奥ゆかしく慈悲深い乙粋である。本物の風格があった。


八幡神をめぐる辛島家と大神家の関係について要を語るとしよう。

豊前京都郡に景行天皇がおわした古《いにしえ》より、鷹羽郡、香春岳の銅で鏡を造り、京都郡を経て仲津郡の草場神社に奉納する行幸会《ぎょうこうえ》という巡行儀礼があった。

年を経て、その行幸会が大和政権の隼人征伐の鎮魂のために始まった放生会《ほうじょうえ》という後付けの神幸行事に取り込まれてしまった。

放生会では香春岳の採銅所にある元宮（古宮、本宮）八幡宮より一ノ岳（三ノ岳）南側中腹から出る銅鉱石で造られた御神体の神鏡を草場神社に奉り、さらに宇佐の和間浜《わまのはま》まで運ばれる。

これは宇佐八幡宮に大神家が入り込み、八幡神を豊前の神から日本国鎮護の神とするための変革であった。

神鏡が巡行する経路が豊前秦氏である辛島家の辿った勢力範囲と重なっている。

宇佐八幡宮の新宮に対して、香春岳の採銅所にある八幡宮が古宮・本宮・元宮といわれる由縁だ。「ヤハタ」の神の発祥地、源郷は香春岳。そこに初めからいたのは辛島家である。大神家ではない。

四十余年前の神亀二（七二五）年正月二十七日、宇佐神宮が小山田社から小椋山に遷座して以降、大神氏は辛島を排除すべく自らの伝承を創作している。辛島家の伝承を大神に書き換えているのだ。

天平三（七三一）年正月二十七日、八幡大神が神権を顕わし官幣を受けた（『東大寺要録』）。天平九年四月一日、朝廷は新羅の無礼を伊勢神宮とともに八幡宮にも告げた。天平十二年十月九日、藤原広嗣の乱平定を八幡宮に祈らせている（『続日本紀』）。

天平勝宝元（七四九）年十一月、八幡神の託宣で造られた東大寺大仏の完成時に、八幡宮の禰宜・大神社女《コソメ》らが招待され上京した。

こうやって八幡神は天皇家において徐々に重要視されるようになった。豊前香春岳の八幡神を日本国の守護神にしようとしていたからだ。これらは大神氏を主謀者とする八幡神神職団による工作だった。

従来、八幡神の禰宜は辛島の巫女と決まっていた。にもかかわらず東大寺大仏造立式典に大神の巫女が呼ばれている。いつの間にか大神氏が八幡宮の禰宜を務めるようになってしまった。辛島家の伝統と誇りが奪い取られているのだ。

この青龍窟を塞ぐ岩が開いたのは、みなが和するためである。大神氏も辛島氏もわだかまりの火種を創ってはならぬのに、現実にはこのような不正があるのだ。

因果というものを信じるからこそ高位の敵を殺めて祟られれば、その怨霊を御霊へ変えるために手厚く祀り上げなければならない。護国鎮護のため奪われた命は正史にあるだけでも枚挙に暇がない。崇峻天皇、聖徳太子息子の山背大兄王、蘇我入鹿、有間皇子、大友皇子、大津皇子、長屋王、淳仁天皇、藤原仲麻呂などなど。歴史は次の権力者が改ざんするのが常である。しかし辛島への仕打ちに関しては見過ごせぬ。致し方なしと想えぬ」


「成すべきを成します」と、清麻呂様。

「お主、なにを考えておる」と、椙田様。

清麻呂様は椙田様に笑むと師を見上げきっぱりと。

「さきほど師がおっしゃいました。

『世は押しては引く浜の波。そうやって浄化される。留まれば朽ち動けば開かれる。考えるだけでは屁の足しにもならん』

これが真と感じ入りました。

『あらがってはは和し、和してはあらがう』を成します」

師は両眼を閉じ、窟の御魂の声を聴き、清麻呂様に告げました。

「そういうことならまず、藤原百川殿に意を伝えよ。流罪中のお主ら姉弟に援助したことを知らぬ者はおらぬ。いつの世も世渡りの優がおり、彼らは『現世利益』と進む道を臨機応変に変える。優柔不断を悪と決めつけてはならない。明暗あっての世。きれい事だけではことは成せぬ。有利になる人物を味方につけよ。

道鏡様と藤原氏が対立していたとはいえ、藤原氏の全員が道鏡政権下で冷遇されていたわけではない。中には取り入っている人間もいた。

藤原百川殿はお主が再度の神託を持ち帰って以降、立場を変えた。それまで天武天皇系の歴代天皇と癒着していたのに、急遽天智天皇系の白壁王（光仁天皇）へと近づいた。

称徳天皇崩御後、吉備真備様たちは天武天皇系の皇族擁立を目指していたが、藤原百川殿主導で光仁天皇が即位した。百川殿は光仁天皇側に恩を売った形となって、藤原氏は権勢を深めることとなった。

真っすぐな吉備真備様は辞職に追い込まれた。事実上の失脚だ。

道鏡様も政治的権限をすべて失った。称徳天皇が御崩御なされたのだから致し方ない。ただ本当に皇位を狙い、謀《はかりごと》を成していたなら処罰されたはず。しかし実際には左遷されたのみ。それも造下野薬師寺別当を命ぜられた。下野薬師寺は東大寺や観世音寺と並ぶ「三大戒壇」である。宗教的権威は一切喪失しておらん。

お主は『忠臣の神託』を持ち帰ったにも関わらず称徳天皇の怒りを買った。その罪は取り消されたものの、家格は上がるどころか降格された。

しかしそれも一時の辛抱。これまで蒔いた種がやがて発芽する。藤原百川殿はお主を気に入っておる。その心根だけではない。お主が豊前の民の心を掴んでおるからだ。それは里の備前にも関連する。秦氏は皇室にとってなくてはならぬからな。

念を押す。藤原百川殿に意を伝えよ。願いは自ずと叶う。


お主は果報者だ。それもこれも隣におる友、椹田の惜しみない支援があるからだ。恩を忘れるな。椹田の男気には恐れ入る。立派な人格者である。男の中の男だ」


尊敬する師より初めて褒められ、清麻呂様からも熱い視線を注がれた椹田様は、その状況に戸惑い、真紅に頬を染め、背の荷物袋を解き、上ずった声で話しました。

「そうだ、そうだ。今日はいろいろと持参しましたぞ。腹も空いたでしょう。干しイワシ、アワビ、大根、ゴボウ、ワカメ、栗、ショウガの醤漬け、醤に塩……。早速、食事の用意をいたしましょう。あ、いや、仕度はひとりで充分。勝手知ったる師の庵。腕によりをかけますぞ。待っておられよ。失礼いたす」

そそくさと洞窟内から逃げ出す後姿に、師と清麻呂様は笑みを浮かべました。

静寂の窟内にふたり。

「なんとものう。和気清麻呂よ。

この世はどうしたものか。ようもまあ、様々な人がおるものよ。持って生まれた血や、育つ場や関わる人々によって深い業をさらしたり、滅したり。偶然か、必然か。因果応報も在りか、無しか。極悪人。悪党。常人。善人。聖人と入り乱れる。嘘もある。真もある。深淵にもなる。豹変もする。

わしも己の性根を反省し、なるべく善であろうとする。

しかし椙田は考える前に身体が動く、それも人のため。財も己も投げ打つ。猪のように猪突猛進。命懸けが身についておる。良き奴だ。

お主はそんな善を呼び寄せる。取り巻く者の悪を消し去る。その力に添えば想いは叶う。

椙田に退散してもらったのは、話があるからだ。

お主には、母神がついておる。誰か分かるか」

「オト殿ではありませんか」

「いかにも。生涯、心に留めおけ。決して命がけの慈愛を忘れてはならぬ。

お主と会ってから、辛島オトはすっかり変わってしまった。験力《げんりき》（元々人に備わる超人的な力）を発揮するための方法、秘法を授けてほしいと連日のようにわしに懇願し始めた。姉を上回る霊力を見込んでおったから、唯一相伝の巫女として特別に伝授を許した。

これで辛島姉妹は巫女の身で禁忌とされた特定の男性に興味を持ったこととなった。修行に恋は禁物だが、ふたりの想いは己が命をかけた至高の愛だ。よって嬉々として苦悩に耐え、己を深化させえた。

姉のヨソメは生まれながらの神霊の魂を聴く才に加え、神の意志を解するようになった。宇佐の本家に召喚され宇佐八幡宮入りしたのは必然。婚約解消は致し方なかった。椙田とヨソメの顛末は、みなが知り、その悲恋に涙した。

一方、妹のオトは験《しるし》を得るために寝る間も惜しんで修行に励んだ。

この青龍窟に籠り不眠不動、穀物を断ち木の実を食す木食行、山林抖擻《さんりんとそう》（山々を踏破する）、断食、水行、火生三昧《かしょうざんまい》（悪魔を焼き尽くす）、土中入定《どちゅうにゅうじょう》。さらに捨て身にて一度死に新たに生まれ変わる、魂の再生に挑んだ。

三年目にして土中入定を経て、鋼のような肉体と他の追随を許さぬほどの験力を身につけた。探求心、情熱、勤勉で超人的な才を伸ばし、幻界への扉を開いた。美夜古巫女連において、こと験力に関しては敵う者はいなかった。

慕う相手、お主とは一度、会ったきり。恋など始まってもおらん。幼き日に父を亡くした娘が初めて抱いた熱烈な情。生命の繋がり。連帯する記憶。恋を凌駕する奥深いなにか。魂の神秘に向かい鍛錬に励みながら、オトはお主との再会を願っていた。

そんな彼女に千載一遇の好機が訪れた。

神護景雲元（七六七）年十月に法王（道鏡様）官職の設置祝い『法楽会』を開くこととなり、朝廷より美夜古巫女連に指導役として巫女三名、召集の命が下ったのだ。

仏教の隆盛により『巫女』の名称が軽んじられているのを知っているであろう。無論、来訪者への奉仕、歓迎の勤めもある。『巫女』という言葉に対する民の心象が客人相手の慰み者と貶められている。そんな世間の風潮にあらがい、あえて『巫女』の名を掲げたのが美夜古巫女連である。

もともとは推古天皇の命により、土着の信仰、海人族隼人の信仰、大陸からの様々な教えを神託により取捨選択し国府へ伝えるために組織されたものであった。

『斎女《いつきめ》（神に奉仕する未婚の女性）として斎《さい》（身を清く）を保ち、並外れた妹《いも》の力（神通力）、験力を感得、発動し、世のため人のため尽くす』
これが美夜古巫女連の信条となった。

都での舞披露は、『朝廷の巫《かんなぎ》にせよ、民間の口寄せ（霊の代わりにその意志を語る）にせよ、巫女は妹の力量をもって品位を保つこと』を世に知らしめるためにも願ってもいない良き機会であった。

召集の命を受け、巫女の誰がふさわしいかを豊前の豪族、長老、福原国府官僚、民の代表とともに合議し、美夜古巫女連、赤組七人の中から験力の優・オト、巫女舞の優・ナナ、歌唱の優・アカリを選んだ。無論、験力の優・オトが筆頭となる。襟抜きの三名と供の者を合わせ総勢八名、意気揚々と平城京へ赴いた。

祝賀行事の半月前、無事に都へ辿り着いた一行は休む間もなく平城京在住の豊国奇巫たちと合流し、朝廷雅楽団による国風歌舞に合わせ、舞の振付、合唱、美術効果の練習を開始した。
その三日後、称徳天皇より直々に美夜古巫女連の三名のみが宮中へ招待された。
まだうら若く才ある巫女のために些少であるが『来訪の宴』を催すとのことだった。
宮廷に出向くとなんとそこには御簾越しにおわす天皇、道鏡法王を始め、路豊永法師、吉備真備様、藤原百川様ら重鎮たち、十数名が集まっていたという。古の仁徳天皇、応神天皇以来、さらに聖武天皇の東大寺大仏祝賀を経て、未だに豊前の巫女に対する並々ならぬ敬意、期待、興味があることの表れであるといえる。

正午を過ぎ菓子（果物のビワ、瓜、椎の実、油餅など）と甘酒などがふるまわれ、八つどき（午後二時頃）を過ぎると庭園広場にて歌舞披露を所望された。

晴天の下、三名の美夜古巫女は緊張した面持ちで玉砂利を踏みしめ、御簾越しの天皇の下に控える重鎮たちの前へ出た。

向かって左より『唱巫女』のアカリ、『舞巫女』のナナ、『和巫女』のオト。三名の麗しさは美夜古巫女の中でも格別であった。

その声でみなに福を与える『唱巫女』のアカリは隼人・海人族の血を引き、顔に入れ墨のある精悍な顔だちの美形である。

その舞でみなに福を与える『舞巫女』のナナは旧来の倭人ながら手足長く、瞳大きい猫と見まがう美形である。

その験力でみなに福を与える『和巫女』のオトは秦人で長身、うりざね顔のどこか憂れいを帯びた美形である。

『わざわざのご招待、感謝いたします。法楽会当日には雅楽団の演奏、総勢三十名の巫女舞、合唱が加わります。ご期待くださいい。今日は美夜古巫女三名で［アマテラス］のあらましを紹介させていただきます。どうぞ余興としてお楽しみくださいませ』
笑みをたたえたオトは、このように伝えて深く低頭した。

しばしの沈黙の後、オトが『唱巫女』のアカリに眼配せすると、声にならぬ声が辺りの空気を震わせた。みな、その振動を肌で感じ、三名に釘付けになった。さてその声はやがて隼人の狗鳴きよりも高く響き、『舞巫女』のナナが大きく羽衣を広げ地にうずくまると、次の瞬間、宙へ飛び立った。アカリの声は言葉にならぬ母音で甘美な音階を刻む。そこにオトが幻を宙に映す。天上界よりの後光が差し、舞も唱も光り輝き天を駆け、地を這い、自在に駆け巡る。驚くことにその背景には、往く船の波頭、花を踏み潰す軍団の足もと、交差する剣、和解の握手、山川海、大地、草木、村落、平城京、狩猟、農耕、漁猟、災害、老人、女子、男子、集団、童、母子、太陽を拝む人々、女神……、争いでなく話し合う姿など、様々に現れる。権威をかざしているのではない。どこか品格があって、懐かしく香る。居合わせたみなが歴史の中で悲哀を経て和する物語を体感した。

それは『舞巫女』『唱巫女』の声や姿に験力を注いだオトの創った圧倒的な幻影劇であった。

披露を終えて深々と礼をする三名にみな呆然となった。しばらく間をおいて感動の拍手が起こり、いつまでも鳴りやまなかった。

最後には称徳天皇が自ら御簾を開き、歩み下り、三名と相まみえるという前代未聞の出来事が起きた。

実は法王官職の設置といえども道鏡様は強い権力を賜り政治的権限を掌握した訳ではない。道鏡様が法王官職宛の文書の決裁を仰ぐだけのことだ。ただ僧侶の身で称徳天皇の揺るぎない信頼を勝ち得ていることに、多くの官僚たちから反感を持たれ嫉妬されていたのは確かだ。

その様なわだかまりが、オトたち美夜古巫女の驚異的な舞披露に圧倒され、居合わせた者たちに立場を越えた一体感をもたらした。

興奮冷めやらず天皇の御前であるにもかかわらず誰からともなく声が上がった。

『我らが一丸とならねば』

『この舞を披露しようではないか、民たちにも』

『日本全土の民に披露しよう』

次期天皇問題も含め、飢饉、飢餓、伝染病、国内外の諍い、様々な諸問題をかかえた大和朝廷の盤石を願う言葉が飛び交ったという。」

沖川上人はここまで一気に話すと、ひと呼吸おきました。

見てきたように言っているが、これは三名の美夜古巫女に対する、路豊永法師からの賞賛の便りに記されていた概略だ。最後には『芸能表現の極みである』と結ばれていた。

このまま何事もなく『法楽会』が行われていれば問題はなかった。

美夜古巫女連三名の宮中招待の数日後、薬草を摘む『薬狩りの宴』の知らせがあった。他にも官僚からの誘いはあったが舞披露の練習もありお断りしていた。しかしこれは近場でお供の者も同等に接待されるとあって全員で参じることとした。

美夜古巫女連一行八名、晴天の山裾の野に遊んだ。薬狩りとは名ばかりで青空の下、馳走をいただく。それも他の参加者はおらず接待の者が五名だけ。主催者は猪狩りで姿を見せない。不審に思ったが振る舞われる珍しい飲食の数々につい心奪われた。案の定、お茶を飲み、蘇《そ》(古代チーズ)を食して八名ともに眠りについた。謀られたのだ。

みなが目覚めたとき、オトだけが消えていた。即刻、朝廷へ知らせたが『薬狩りの宴』など誰も催した者はいないという。彼女だけ行方知れずとなった。


すぐさま朝廷内は騒ぎになった。『舞披露を見た者の中にオトを拉致、殺害した者がいる』『美貌ゆえ山賊になぶり者にされた』『ぬゑか、山姥に喰われた』などと噂された。

彼女がいないまま『法楽会』は開催され、美夜古巫女連のアカリとナナは豊国奇巫、雅楽団たちと無難に共演した。オトがいなければ通常の歌舞と変わりなく他の見世物よりは幾分、花があったと評価されるにとどまった。捜索は続けられたがオトは見つからなかった。

あまりの験力が災いしたのは確かだ」

「生きております。言わぬ約束でしたが、その後にオト殿に会いました。宇佐神宮へ向かう船上でしばし語り合いました」と、清麻呂様は私との約束を破り、師に告白しました。

「然もありなん。オトの願いはただひとつであったからな。『生涯をかけ死してもお主を守護する』のみ。『法楽会』へ参加すればお主に会える。『お主の力になりたい』彼女はそれのみを願った。

死してもお主とともにあるのだ。船上で語らったのは、おそらく彼女の魂。同乗した者に聞いてみよ。誰も眼にしておらぬはず。この世の者ではないからな」

「それは違います」と楉田様が窟に入って来ました。

師匠は清麻呂様とともに彼を見上げ、話の続きを聴きます。

「秦豪族連の秘事を明らかにします。他言無用に願います。

確かに彼女は捕らえられました。しかし賊と申しても、山谷の里に暮らす天皇家に逆らう者たちです。昔ながらの合議で長を定め、山中にて穏やかに暮らしています。ただ律令を強いた天皇家への恨みを抱き、都の役人たちの財産を奪うのも生業としています。

賊の手先が官僚になりすまし美夜古巫女三名の演舞を観覧し、オトの、変幻自在にすべてを操るさまに驚嘆しました。

『これが広まれば天皇家はさらに盤石となる。豊国の者でありながら、藤原家に操られる天皇家に加担するとは嘆かわしい』

そのような里の総意によって彼女を捕らえたのです。

連れてこられた山里ではオトは拘束されることもなく歓待され、族長巫女による豊前の歴史を教わった結果、自ら山谷の里に残る決心をしたのです。戻るよう説得しておりますが、オトは決して応じません。

彼女は生きております」

「すでに命《いのち》はないと直感したが生きておるのか。それが真なら生気を消し、魂を放つ術をも体得したか。よう話してくれた」と沖川上人。

椙田様が清麻呂様に、

「お主にはまだ白状せねばならぬことがある。実は……」

その言葉を師が遮りました。

「まあ待て。続きは庵にて語り合おう。椙田の手料理、楽しみだ」

師と弟子、一晩中、笑い泣き、豊穣のときを過ごしました。翌日、師との別れの際に清麻呂様は願いごとをしました。

「次に訪れるときはヤカゼに会っていただきたい」

「おう、噂に聞いておる。隼人の苦労人だな。連れて来い。最後の弟子にしてもよい」

「本当ですか。二言なきよう」


弟子ふたり、肩を並べ帰途につきました。

「わしが天皇家に逆らう賊と通じていたのを咎めぬのか」と楮田様。

「なにを言うか。春を待つ身は融和が願い。オト殿とも逢いたい。ゴウとは和解したい。しかし驚いた、ゴウが生きているとは。ロクが泣いて喜ぶ」

「いやはや、まったく呆れる。言うたであろう、ゴウは盗賊一味の幹部であったのだぞ。お主を騙して仕え、根こそぎ奪った男だぞ。言わずにいるのは心苦しかった。家財を奪われて恨みはないのか。家宝の土団子も粉々にされたのだろう」

「過ぎた話だ。きっとゴウの知らぬ間に部下のやったことだ。当時ならともかく今となっては生きていてくれて有難い。奴《やっこ》らを連れて奉公したいとやって来たとき、言葉使い、物腰からいずれ名のある者と知れた。よくぞ我が家に仕えてくれたものよ。それに古株のロクとの仲は真であった」

そう言う清麻呂様に椹田様はため息混じりに、

「お主、やはり底抜けに阿呆だ。その面、広隆寺の弥勒に似てきた。弥勒様は慈愛の権化。実はわしも、ゴウはお主の味方になると踏んでいる。あれ以来、相談役となり盗賊行為には参加しておらん。悔いていると聞く。盗んだ家財もそのまま残してあるそうだ。なにしろ襲撃指令を出せずお主の下に三年も居座ったのだからな。」

「椹田スグリよ。人が人を想うて際限なく尽くす。正気の沙汰ではないほどに。一番の阿呆はお主だぞ。ひとつ、聴いてくれ。戯言と笑うてもよい。

母方の縁者に私と同じ歳の娘があった。

八つになったばかりのある日、その娘より対面で囁かれた。

『ありつつも君をば待たむ（いつまでも恋しいあなたを待ち続けます）』

女性の早熟は恐ろしい。こちらはまだよく意味も分からず押し黙ってしまった。

『思いもよらぬ』とはこのことだ。

その表情、涼しい声、見上げる瞳、甘い香りがいつまでも残った。あの戸惑いは後にも先にもない。あの記憶は消えることがない。

数日後、またもや思いもよらぬ知らせが入った。娘はお家騒動に巻き込まれ家族もろとも惨殺されたというのだ。今度は喪失感を伴って無念とか哀しみとか雑多で複雑な想いが溢れた。あれが心乱れる想いの初ではなかったか。

それがお主と決闘に及び、辛島オト殿が現れたとき、記憶が瞬時に蘇った。幼き日、娘を亡くしたときの混沌と、命懸けで我らの真ん中に立ったオト殿の純真が重なった。

言葉ではない。すべてが連なって巡り巡るような。お主も、姉も、妻も、天子様も、ゴウも、ロクも、ヤカゼも、豊前も、備前も、天地までも。

妹の力か、験力か、あの娘とオト殿はここにおる。オト殿に御守りいただいている」

「分かった、分かった。落ち着け。俺は猛進する単純な猪で、お主は思慮深くして夢見る仙人様だ。再三言うが、肩の力を抜け。考え過ぎは身体に悪い。

その娘もオトもお主の好みであった。だから心に残るのだ。両想いであるから、なおさらに結びを感じる。それだけのことだ。怒るなよ。俺は嬉しい。差し詰め、お主の菩薩様はオト。そういうことであろう」

「そうか。お主は、そのように受け止めるか。

私は椛田スグリという人物を信頼しておる。かけがえのない、分からず屋よ。

今後のために言っておく。私がなにをしようとも、うろたえず、一日内に留め置き、よく咀嚼した後に、動くよう。異義があれば話し合おう。お主の文句なら真摯に応じる。ただし相討ちは禁止だ」

再会を誓い椙田様と別れた清麻呂様は、福原国府に立ち寄り、ある嘆願を告げました。帰路の途中、まさに椙田様と刃を構えたその場に立ち寄りました。

凪に揺れる草木の音を聴き、ゆっくり息を吐きます。そして陽の香りを深く肺に満たすと、次にまたすべてを吐き出します。それを幾度か繰り返し、枝葉の隙間をぬける陽の光を仰ぎ、呟きました。

「オト殿。この想い、成すべきか」

「そうなさいませ。そうすべきです。

これまで楽しゅうございました。ともにある悦びを感じました。

いろいろございましたね。ことを重ねる度に、貴方様の一喜一憂する姿は眩しい限りでした。

いつしか、その心が安らかな凪となられた頃には、私に気づいておられましたね。嬉しかった。

沖川上人も椙田様も私の真を知りません。貴方様にはお伝えいたしましょう。

山谷の里の女長老は、『アレイ様』と呼ばれて不老不死と噂されておりました。

通常は老翁が取り次ぎ接見は叶いません。でも私には初めから麗しい姿をお現しになり、『待っていた。辛島オト』と、おっしゃいました。

なんと豊前・稗田の生まれで、我が叔父上とも親しくされていたそうです。

豊国の繁栄、衰退の様を事細かにお話しになり、『彼の地は今後も栄枯盛衰を繰り返す』と、おっしゃいました。

さらに私の心を見抜いておられました。

『ここに留まるなら、ひとりのための守護人となる術を授けよう。験力の峰を越えねばならぬが耐えるか。ことを成し終えたなら万人を護らねばならぬが承知するか。

ここに来たのは偶然ではない。ひとりの守護人となり菩薩となるか。このまま巫女として生きるか。己で決めよ』

私は貴方様の守護人になることを選び、これまでお供いたしました。

ひとりを守りたいという私欲で魂となった私は本来なら彷徨《さまよ》い消え去る宿命ですが、アレイ様よりお教えいただいて、我が魂は冥界へまいります。この三年、お傍にいて貴方様の心を我が身に映せば、哀しみとともに常に愛がありました。様々な窮地を乗り越えられました。私と逢うたことを他言なされたのは、もはや守護人を必要としない御身となられた証しです。私はことを成し終えました。

アレイ様との約束通り、貴方様を離れ、万人を守る魂とならねばなりません」

「オト殿。それは、すでに生命を断たれているということか。それも私を守るためにか。なんということを。

今となってはっきりと分かる。この三年、数々の苦を乗り越えてここにあるのは、そなたの力添えがあったからだ。私がヤカゼに勝ったのも、足が完治したのも、我が心が崩れずにあるのも、皆が健やかであるのも、すべてそなたが……」

「いいえ。私は傍らで貴方様の幸せを願っただけです。

お察しの通り、私はアレイ様と同様に霊体となりました。この世の者ではありません。これからは遠くから万人とともにお姿を眺めさせていただきます」

「別れは辛い。言葉にならぬ。しかし山谷の里には依り代の巫女もおるであろう。不滅の魂はまたいつの日か、どこかで、きっと……」

「嬉しゅうございます、貴方様の想いをいただいて。お別れいたします。

くれぐれも、そうなさいませ。そうすべきです。さようなら」

そのように清麻呂様の御傍を離れたのでした。

清麻呂様はその足で宇佐八幡神宮へ向かい我が姉、辛島勝ヨソメ（与曽女）を訪ねました。これまでの成り行きをすべて伝え、私（オト）の顛末を深く詫びました。姉はすでに感知しておりましたから互いに感謝こそすれ遺恨などないのでした。

姉の方も八幡大神の神託を言葉にしなかった非礼を謝りました。

清麻呂様はこのように申しました。

「オト殿は等覚寺大権現豊玉姫と同じく今後は万人を守る魂となると言うておられた。かくなる上は私もできうる限り、追随いたす所存です。

ヨソメ殿が神託を拒んだおかげで八幡大神が示現いたしました。結果的に八幡神宮の威厳を知らしめる良き機会となりました。

ただひとつ、この後のためにも『神託を告げれば椙田の命はない』とヨソメ殿を脅したのは誰か、お聞きしたい」

「分かりました。清麻呂様にだけ、お教えいたしましょう。

道鏡様の取り巻きの方々でも、藤原氏の方々でも、大神氏の方々でもございません。それはもっと身近な方々。鷹羽郡、京都郡、仲津郡地域と勢力を二分していた豊前のもうひとつの地域をはるか昔より牛耳っていた氏族です。お分かりになりますか」

清麻呂様は驚きながらも言いました。

「そうであったか。然もありなん。宇佐氏ですね。考えてみれば、大神氏が宇佐神宮に遣わされたことで辛苦を舐めているのは辛島氏だけではなく宇佐氏も同様でしたな。天皇家によって痛手をこうむっておりました。国東をも含め万年前から存在し、六千年前の喜界島大噴火で千年、異界を彷徨《さまよ》ったと伝わる伝説の氏族。

道鏡様が天皇となればまた道も開けようと期待する者がおって当然です。分かり申した。心得ました。私はこれより成すべきことを成します」

その九月、清麻呂様は播磨員外介となり、さらに希望通りに豊前守に任ぜられました。

(『東大寺要録』四・諸院章第四、『託宣集』巻十)

豊前守として、念願の八幡神宮神職団に対する粛清と機構改革をおこないます。

(『託宣集』巻十に詳しい)

宝亀四（七七三）年正月、まず禰宜の辛島勝ヨソメ（与曽女）、宮司の宇佐公池守を解任したのでした。

そして新たに禰宜に大神小吉備売《オキヒメ》、祝に辛島勝龍麿、大宮司には復帰した大神田麻呂を任じました。

さらに宮司職をめぐり大神・宇佐・辛島三氏が競望することなきように今後の取り決めをこのように定めました。


ひとつ、大神比義《おおがのひぎ》の子孫を大宮司の門地（家柄・家格）とする。

ひとつ、宇佐公池守の子孫を少宮司副門地とする。

ひとつ、辛島勝乙目の子孫を禰宜・祝の門地とする。

（同三月十四日『八幡大宮司解』『石清水文書』『託宣集』巻十）


清麻呂様は宇佐八幡神宮において決して辛島家・宇佐家をないがしろにしないことを強く要望しました。これこそが念願であったのです。

後に辛島家一同に告げました。

「辛島家の方々、その品性に誇りを持っていただきたい。他家の横暴に屈せぬように。

私は豊国の人々、特に辛島家に言い尽くせぬ恩があります。故・辛島オト殿には命を救って頂きました。その恩に報いるため豊前守となりました。

今、ようやく悲願を叶え宣言いたしました。

『八幡宮においては辛島勝乙目の子孫を禰宜・祝の門地とする』と。

辛島家は八幡神を祀る始祖の一族。

誉れ高い辛島家は友の京都郡豪族・椛田家とともに我が和気家と一心同体。

紐解けば豊前も吉備も鍛冶、祈祷を通じ神代より王家と縁があります。

和す国体に免じ、よりよき明日を信じ、胸を張り、ともに精進いたしましょう」


そして辛島勝ヨソメ（与曽女）に京都郡の実家へ帰省を命じ、このように付け加えました。

「椛田勝と合い和すよう」

椛田様と我が姉のふたりはその後、仲睦まじく暮らしました。

数年後、椛田家は、なんと大神の姓を賜りました。辛島家の正統を我がものとした大神を椛田家が名のることとなったのです。それまでに当然のように一悶着も二悶着もありました。しかし、よくよく話し合い、『争う者同士も容認し合う先駆けとなろう』と『和してはあらがい、あらがっては和する』こととし、これを受け入れたのでした。

「宇佐八幡宮神託事件」以降、豊前守を終えてからも清麻呂様は本領を発揮いたしました。まさに水を得た魚でした。桓武天皇の時代を中心に高級官僚として大いに活躍いたします。美作国・備前国の国造として、また摂津大夫・民部大輔・中宮大夫・民部卿などの朝廷内の要職を歴任されました。

その間に、山谷の里の長となったゴウさんが、盗んだ家財や土産物を携え、謝罪に訪れました。罪滅ぼしとして、清麻呂様を大いに守護し奉仕することとなりました。もちろんロクさんとも以前より増して親交を深めました。

ヤカゼさんはというと、約束通り沖川上人の弟子となりました。清麻呂様が豊前守となった折のことです。六年に及ぶ修行を経て、清麻呂様の下へ戻り、良き片腕として活躍なされました。

さらに平城京から長岡京への遷都時に清麻呂様は、大阪湾（難波）方面からの水運路を確保。平安京への再遷都を進言し「造宮大夫」として建設事業に関わるなど、遷都を巡る動きの中で重要な役割を果たしました。

最澄法師、空海法師を桓武天皇に紹介したのも清麻呂様でした。よって陰陽道、風水を取り入れ、鉄壁の霊的防衛を施した都、「平安京」が誕生したのです。これも椙田家、辛島家、豊前、吉備を始めとする勝《すぐり》たち、秦氏の惜しみない清麻呂様への奉仕あっての功績でした。

清麻呂様と大神となった椙田様が生涯変わらず仲睦まじくあったという証でもあります。


豊国の香春神社に残る記録をひとつ。

香春岳の香春神社に訪れた最澄様がこのように講和なされました。

『わたしがここに来たからには石灰岩が露出した白い岩肌の香春岳三山は緑の山となるでしょう』

その後、間もなくお言葉通りに今日の草木蒸す緑の山となったそうです。

アレイ様は、このように申しておりました。

持統天皇の『天の香具山』の歌は『鷹羽郡の香春岳をご覧になって詠まれたもの』と。

再三申しますように、香春岳は鉱石のとれる山で『天の香具山』の特徴と一致しております。

豊国の豊前では『天の香具山』は香春岳であると伝えられているのです。

『春すぎて　夏来《き》にけらし　白妙《しろたへ》の　衣《ころも》ほすてふ　天《あま》の香具山《かぐやま》』

最後となりましたが和気清麻呂様と道鏡様に関わるお話がございます。

巷ではなにかと良くない噂が囁かれております道鏡様ですが、清麻呂様は称徳天皇の後を追われるようにお亡くなりになったその姿に深い敬意をお示しになりました。

この想いの証しがございます。

それは道鏡様が備前に創建なされた恵日山《えにちさん》高顕寺《こうけんじ》です。

この道鏡様所縁のお寺を代々御守りしたのは和気清麻呂様一族であったのです。

美夜古巫女連

赤組　七人衆

きよまろ　すぐり　神託記／美夜古巫女連　赤組七人衆

きよまろ　すぐり　神託記／美夜古巫女連　赤組七人衆

きよまろ　すぐり　神託記／美夜古巫女連　赤組七人衆

神託記
紡ぎ人
奇譚

なにをやっているのだろう、いい歳をして。

『まともな生活』など省みず、『愛』も育まず、『和』も成さずに人生の大半を過ごした。このままではいけない。親睦を断てば角が立ち孤立する。分かってはいるけれど今さら和を成そうにも能がない。人恋しいより時間が足りないと開き直る。これを自分勝手という。

言葉を駆使してばかりだと身体が覚える大切さを見失う。技の説明を聞いたところで体得してはいない。時間をかけて習得した技は言葉ではない。なのに聞いて『分かった』と断ずる言葉は恐ろしい。物事を充分に理解、感得もせず、説明文を知るだけで分かったと偉そうにする。ものしりと褒められて悦に入ってどうする。傲慢だ。

荘子のいうところの不立文字《ふりゅうもんじ》だ。言葉で本質など伝わらない。
レヴィ＝ストロースの構造主義だ。合理主義や科学だけで世は成り立たない。
歳を重ねるほどに万年続くこの国の和の文化の尊さ、眼に映らぬものの重大さを思い知る。

こちらが自然体の生徒に教わっていると気づく。己が花鳥風月とともにあって世が清濁併せ呑むことを体得し、戸惑いながら、素直に愛を持って日々経験を積む。これが尊い。

それに賢人（立派な良き人）と創作家（人間性はともかく良作を創る人）は違う。『賢人でもないのに調子に乗ってしゃべるな。真摯に愛を持って制作に励め。〈なに不自由なく思いのままに生きてきた〉などという輩（私です）は半分以上、自分を見失っている。ロクなものではない。心を入れ替えろ』と、お天道様が言っている。

それでも成長のない阿呆（私です）はせめて、これからの世を担う若い人のために、『こうなってはダメだ』と反面教師として役に立てれば幸いと、やはり言葉で伝える。

母校、M高校には田舎暮らし（総じて人が好い）の優秀な子が集まる。

元から自分勝手が沁みついた私とは出来が違う。

ある日、廊下で男子生徒が声をかけてきた。

『今朝は元気ないね』

ふと眼を合わせる。温かい表情だ。

『生意気言うな』と照れながら自然に笑みを交わす。

これだ。こういうところだ。このような経験はM高にいれば一度や二度ではない。

生徒はまだ思春期の十代なのに間違いなく私よりも人間的に優れている。『優しい声かけ』に愛を感じるほどに、このように言葉で説明して、己と生徒を対比させ、書き記してしまう自分が情けない。

人が言葉を持たなかった昔は『比べる』などなかった。そのときどきの一瞬を積み重ねて生きていただけだ。他と比べて幸不幸など考えてどうする。

『言葉をつくせば本質からますます遠ざかる』のは承知している。

それでも言葉を持つ人として大切なものとは。答えは自ずと知れている。己よりも他を慈しむ。命がけで他を守る愛だ。飾りのない純朴な愛だ。対象は猫でも人でもモノでもいい。愛があれば感謝もする。対象を癒す努力を惜しまない。悦ばせてあげたい。守りたい。支えてあげたい。わずらわしさなど感じない。

きっと愛があれば自身も許せる。感謝の気持ちが至らぬ自身を寛容にする。人はそういうふうにできている。自分を愛せない私は愛がないということだ。仕方がないと開き直る。これを自分勝手という。

老いて身体もガタがくる。数年前、五十号の額付き油絵を運んでいて右腕にズンと走った鈍痛。その日から指先から肩にかけて昼夜問わず不定期に痛みを感じる。症状がひどくなって絵画も描けず文字も書けなくなったら生きる価値もないと落ち込む。

床に就いても眠れない己を俯瞰で客観的に見る。様々な不安と重なって日常での不甲斐なさ、失態の数々が湧き上がり、負の連鎖におちいる。

このようなジレンマの果てに決まってひとりの巫女が姿を現す。

縄文を経て、弥生、古墳時代と古代の女族長は女神であり巫女であった。豊国には高名な豊国奇巫《とよくにのくしきかんなぎ》がいて、京都郡、仲津郡、鷹羽郡辺りには神薙の一派、美夜古巫女連があった。

その赤組の白い巫女が橋の上で朝陽のような大きな瞳で話しかけてくるのだ。

導かれるままに平尾台、手前にある見目麗しい三角形の山に向かう。その頂上から、両の手を広げ、風に乗り、満天の星空を駆け巡る。なんとも心地良い。

これで終わればよいものを巫女とともに降下し雲を割り、混沌とした奈良時代の京都郡稗田にある屋敷へと辿りつく。

そこには和気清麻呂様がいて、親友に涙ながらに訴えている。

『称徳天皇、弓削道鏡《ゆげのどうきょう》様は、ともに立派であった』と。

その親友とは豊前で知らぬ者はない豪族、楉田勝愛比《しもとだのすぐりえひ》様だ。

なんだ、これは。

『八幡宮神託事件』を知る者なら奇異に思う。世の常識では、皇位を狙った悪僧・弓削道鏡《ゆげのどうきょう》の野望を和気清麻呂が打ち砕いたというのが定説だ。これでは辻褄が合わない。

『由々しい事態ですよ。見て見ぬふりですか』と巫女が問う。

焦りを感じる。ますます安堵を消し去るフェニルエチルアミン酸化酵素が活性化する。さらに寝付けなくなる。癖が悪いとはこれだ。


『八幡宮神託事件』の通説とはこのようなものだ。

『七六九年、法王である道鏡が皇位を狙った事件。

七六四年、恵美押勝の乱平定後、淳仁天皇を廃して重祚（再び天皇になる）した称徳天皇は愛人関係にあった法王・道鏡に皇位継承する如くの宣命をたびたびしていた。

七六九年初夏、大宰の主神・習宜阿曽麻呂《すげのあそまろ》が宇佐八幡宮の神託と称して、道鏡を皇位につけよと奏した（天子に申し上げた）。

称徳天皇は、その真意確認のため宇佐八幡宮にて再度神託を賜る命を和気広虫に下したが病弱だったため、その弟・和気清麻呂が代行して宇佐へおもむいた。結果、道鏡をしりぞけよとの神託を天子に復命（命を受けた者が結果報告をすること）。

道鏡の野望は阻止され、期待を裏切られた称徳天皇は激怒し、清麻呂とその姉・広虫の名を卑しく改名して、それぞれを大隅・備後両国に配流した』

不眠解消のためにも、事件について、論文や資料をあさりながら、つらつら考える。人には慈しむ心がある。それに私たちは基本的に共存し合う万年の縄文を経ている。善と悪をきっちり割り切る勧善懲悪は、島国日本では成立しにくい。

善人も魔が差すし悪党も人の子。ひとりの内に善も悪もある。今もって雨男とか雨女とか言霊信仰を信じる国が他にあろうか。信心深さが根付いている。母性、大地を尊び、祟りを信じる者は私利私欲のみでは生きられぬ。果たして道鏡法師は極悪人であったのか。

どうやら皇室を揺るがした歴史上の一大事は、調べるほどに、真実が覆い隠されているようだ。


令和五年、九月二十五日、月曜日。深夜の午前三時。

言葉が溢れて寝付けない。眼が冴える。仕方なく布団をしまう。

どうせ学校のある日は午前四時には起きる。コーヒーを淹れ、古代に想いを馳せ、軽いランニングをして、シャワーを浴び、講義の段取りを反復し、心身ともに外出の気構えをして、衣服を着替える、ここまでで三時間弱を要する。

授業の一時間前には美術教室へ入り生徒の授業画材を用意する。授業を終え、諸整理、次回授業の用意、課題のチェック、資料制作などを済ませ美術部、部活指導も終え午後七時過ぎに校門を出る。善き生徒の気に支えられ、心満たされながらも身体は疲れ果てる。老体にムチ打って辞めどきを意識しながら、ぼんやりと家路につく。

九月後半なのにまだ蒸し暑い。この分だと爽秋を通り越してすぐに冬が来る。今川橋の薄暗い街灯の明かりに照らされて白いワンピースの女性がこちらに向かって来る。

これは夢に見る情景だ。あの娘は巫女で、自分に語りかけてくる。そう直感した。厄介はごめんだ。眼を合わせずやり過ごそうとすると、白い影が目前で立ち止まり「先生」と言った。

薄化粧の眼元に見覚えがあった。

「やあ」と返事する。

「お話があります。帰り道ご一緒していいですか」と言う。

ともに歩きながら穏やかな調子で話し始めた。

「お礼を言っていませんでした。課題にご協力いただいて、ありがとうございました。先生のプロフィールを紹介して正解でした。プレゼン、とても高評価でした」

想い出した。この娘はM高の美術部員で数年前、K大学の課題『郷土を愛する人』で私を取材しに来た生徒だ。私は己の人となり、作品、趣味に至るまで問われるままに正直に語ったのだった。

「それは好かった。役に立てて幸いだ。あれから何年になるね」

「四年です」

「そんなになるか。早いものだ。大学卒業、それに就職、おめでとう」

そう言うと彼女は黙ってしまった。橋の終わりの信号待ち。青に変わっても、うつむいたまま動かない。

「おい、人生に疲れたか。恋の悩みか。考え過ぎるなよ」と発破をかけた。

返事もせず落ち込んだ様子で佇んだ。こんな態を眼にするのは久しぶりだ。ある生徒に、あてずっぽうで『二股は良くない』と言ったら図星だったようでその子は目を潤ませた。こちらはうろたえるばかりだった。あれ以来だ。

また信号が赤に変わって、彼女はようやく口を開いた。

「当時取材した豊国の特別な巫女や神話、古代の話。天井が岳を中心に一大聖地であった話。宇佐八幡宮神託事件と鷹羽郡、京都郡、仲津郡の深い関わりなど、お話いただいたことを、半信半疑でレポートにまとめました。プレゼンを褒めてくれた教授や友人たちも、興味本位で面白がっていただけでした」

「まあ、いいじゃないか。真実なんてもう誰にも分からん。大切なのは多くの人が郷土の話に耳を傾けたこと。それに君が評価されたことだ。愛だね。嬉しいよ」

「そう言ってくれて有難いです。でも今はあのときの私じゃありません。

『生命の連帯』って言っていましたよね。分かる気がします。豊前の古代巫女、美夜古の地、青龍窟の守護人、香春神社、宇佐八幡宮などなど、今になって押し寄せてきます。話が長くなっても構いませんか」

「それは願ってもない。君さえよければ聴かせてもらうよ。ほら信号が青になった。まず渡ろうか」

「私、ほとんど限界でした。仕事が辛くて。これまで自分の生き方なんて深く考えませんでした。M高、K大を卒業。就職して友達ともうまくいっていました。順風満帆でした。

それが一年前、上司が変わり一変しました。息苦しさを覚えて、だんだんおかしくなって。その人は仕事に命がけで、完璧主義で、部下の失敗を許せない。『我ら一丸となろう』が口癖で、時間外の会議や集会が増え、後回しになった仕事は時間外になり休日出勤も当たり前、毎日のように帰宅時間が夜中になり、睡眠時間も極端に減り、誰とも会えず、趣味の切り絵にも手がつけられなくなりました。

なにをしているのだろう。親や気の合う友に会って、自分の時間も大切にしたい。このままだと私が私でなくなる。仕事が一番じゃなく一部のはずなのに。辛くて、辛くて。

でもこんなの、誰にも言えません。だって若いときは苦労するもの、でしょう。だから我がまま。自分勝手ですよね」

お聴きの通りだ。これがM高卒業生の典型だ。なまじ頭が良いものだから、就職の選択肢が増える。親、友を大切に想い真面目に勉学に励む。自我の欲求よりも周りを考慮して仕事を選び、幸せを感じる。

私の自分勝手な生き方とは対極にある。人間の出来が違う。

そんな愛すべき卒業生が『押し付け上司』の脅威にさらされている。自分が良いと想うと他人にも強要する輩は数多い。悪意もなく強要を人助けと考えていて、己の考えが一番と信じ切っているから始末が悪い。

「自分勝手はそいつだ。君が悩んでいるのを一年もの間、気づけない。そんな奴は一生そのまだ。根性は変わらない。人は様々。同調できるなら良いけれど、そうじゃなければ笑顔で遠ざかるのが一番だ。課を変われないなら辞めてもいい」

「それは出来ません……。親にも言えません」

『諸外国神話のドラゴン退治は親殺しだぞ。親を想って自分をダメにしてどうする。君が親を愛するように親も子育て間に数々の悦びを得た。それで親孝行は充分だ。この際、自分自身がどうしたいのか考えろ』

若い頃なら即、このように忠告した。だがそんな大それたことはもう言えない。人想いの良質な子に私のような人生を科してはならない。

「気持ちは分かる……」と、口ごもる。

「でも突然、O病院から連絡がありました。母が転倒、背骨にヒビが入り救急車で搬送されたというのです。父も慢性の腰痛で自宅療養中でしたから、看病を理由に無理矢理、長期休暇をとりました。これがなかったら、この世にいなかったかもしれません」

「君にとっては不幸中の幸いか」

「そうですね。偶然じゃない気がします。とにかく実家に帰りました。長期休暇をもらったと父に伝えると『気を遣うなよ』と一言でした。折れそうな心を見透かされている気がしました。父は腰痛持ちですが毎日欠かさず軽く散歩します。私が買い物をしてお惣菜を作ると、ご飯に副菜は用意してくれます。

入院した母は新調した高級コルセットをつけても痛みがひどくて身動きできず、すっかり生気を無くしていました。

それにコロナ禍は過ぎましたけど、余波で入院病棟には家族でも出入り禁止。ガラス越しに姿を見るのはＯＫですが声が通らず会話はままならない。正式に面会するにはなんと三週間前に予約が必要で時間も二十分だけです。

暇な私は連日、ガラス越し接見に通いました。看護師さんが連れてくる車椅子に沈む母の姿が余りに華奢で哀れです。気持ちを悟られまいと元気を装いました。

『またすぐに元気になるよ』とガラスの向こう側に声を張り上げても、反応はありません。

そんなある日、病院からの帰り道のことです。私はただただ憂鬱でした。本心を誰にも言えない。先が見えない。

ふと先生の声がしました。私の胸の内に保存されていた取材データです。

『心身ともに疲労して耐えられなくなって、死を覚悟するほど底に落ちた経験がある人は〈魂の深淵〉に触れ〈生命の連帯〉を感得する。死なずに生きているのだから』

先生のその言葉のおかげで大地を踏みしめる感覚と湿った暑さが戻ってきました。強い日差しを避けるため影になったＪＲ線路沿いの高架下に逃れました。すると、低い灰色の雲が垂れこめ、激しい雨となりました。慌てて駅の構内へと走りました。

ハンカチで濡れたブラウスの肩を拭いていると、構内の片隅にあるピアノの音が響きました。バッハのゴールドベルク変奏曲でした。演奏者に眼をやると紺のジャケット姿で終始、背を丸め、うごめく演者は、天才グレン・グールドそっくりです。音楽はずるいと想いました。

風になびくシルクのような流麗な音でなく、真珠の雨粒が次から次に押し寄せ体内を刺激するのでした。瞬時にすべてが共振し増幅され宙を舞います。透明な水の粒が数千、数万、数億と踊り輝き、飛んでは跳ねて、くっついては離れ、渦巻き、八方に広がりました。

すぐに秋の涼風が流れ、高い秋の空になりました。久しぶりに明るい未来の予感です。私は演奏が途中で終わっても、あまりの心地良さに目を閉じたまま、その場に立ちつくして、しばらく余韻に浸っていました。

『久しぶり。ミッちゃんだね』と懐かしいあだ名で呼ばれました。

そこに立っていたのは鍵盤と格闘していた人でした。高校時代の憧れの先輩です。

『ヤア先輩、ですよね』

『ニックネームを知っているなんて光栄だな』

『先輩だって。ミッちゃんって呼ぶのは美術部員だけでした。放課後、いつも美術教室で先生と楽しそうに話してばかりいましたよね、部員でもないのに』

『それは失敬』と苦笑いする先輩。

当時と変わらない爽やかさにフッと全身が火照りました。

しばらく厳しかった校則や頑張った文化祭、好きだった学食のメニューの話などなどを懐かしく語り合いました。久しぶりに味わう芳醇なひとときでした。

ふと先輩のメガネにふれる指を見て、超絶演奏が甦り、咄嗟に告げました。

『凄かったです、ピアノ。イヤなこと吹き飛びました』

先輩はにっこり笑って外の陽射しに眼をやり、真顔になって静かに言いました。

『たいした腕前じゃないよ。幼い頃、一年くらい習っていてあとは独学で冒頭だけ弾ける。つたない演奏だよ。突然、雨になってピアノに向かった。弾いていると君がいて天気になった。大学のレポート提出で沖先生を取材したってね。よかったら、いろいろ聴かせてほしい。伝えたいこともある』


とても嬉しくて、それから最寄りの「喫茶いすず」で話しました。

こちらは母の事故の件だけ伝えようと想っていました。でも誠実に共感してくれる先輩の姿に、堰を切ったように言葉が溢れました。

人はくじけるなとか、踏ん張れとか、時が解決するとか言ってくれるけれど、そんな言葉はなんの気休めにもならなかったこと。自分が砕けかけて信念がコロコロと変わること。生命を断とうとしたこと。戸惑いも、鬱憤も、あきらめも、すべて伝えました。


『話してくれて、ありがとう。

三年前、事故に遭ってからの僕と同じだ。

反対車線のトラックが暴走して突っ込んで来てね。ひとり助かった。後部座席にいて、奇跡的に後頭部打撲と右肩の骨折だけだった。見るものが霞む後遺症が残ったけれど。それもいつ霞むか分からない。尊敬する濱田カメラマンのアシスタントも辞めるしかなかった。写真家になる夢も断たれ自分だけが生きている。なにもかも一変して、喪失感とか、後悔とか、申し訳ない気持ちに押しつぶされそうだった。立ち直れなかったよ、今の君のように』

『どうやって乗り越えたのですか』

『乗り越えてなんかいない。だけどこの通り、生きているよ。ミッちゃんは気づいているかい。人の決めた価値観に振り回されていないかい。自分が何者か知れば強くなれる。お母さんの傷ついた脊椎と同じに、きっと治る。前を向いて歩けるようになる。

僕は事故後、発作もあって引きこもった。最悪は連鎖して、住む家も追われてしまった。行き場もなくなり途方に暮れた。そんなとき祖母の知り合いから、田舎暮らしの覚悟があるなら食材付きで部屋を貸すと連絡があった。簑島《みのしま》の沓尾《くつお》でひとり暮らしをしているという。世の中、なにがあるか分からない。とりあえず海辺にある家へ行って驚いた。その人は龍日賣《たつひめ》神社の裏に暮らしていた』

『龍日賣神社の裏って。もしかして先生が知り合いだと言っていた美夜古巫女連のハルさんの家ですか』

『そう。先生が研究している豊国奇巫《とよくにのくしきかんなぎ》の一派、美夜古巫女連の末裔、ハルさんだった。でもその場で眼が霞んでね。しばらく症状が治まるのを待って挨拶をした。まるで往年の名女優・八千草薫さんのように落ち着いた物腰で品が良くてね。長年、私立の女子校教師をしていたそうだ。その姿からは巫女で妹《いも》の力（神通力）の持ち主とは想えない。

噂はM校美術の先生から聴いていると伝えると、沖先生の話題になった。生徒の恋愛沙汰を聴きたがる。日常生活には無頓着。寝ぐせ髪のまま、左右違う靴、下着にスーツで登校等々、大いに盛り上がり、すっかり打ち解けた。

家は古い二階建て木造建築で、一階は二間と六畳ほどの台所、二階に二部屋があって怪しい祈禱部屋も見当たらず、呪術生活を強いられそうもない。豊国奇巫に興味もあるし、霞み眼のハンディーもある。即、同居の許しを乞うた。

ハルさんから言われた。深い傷は一生もの、上手く付き合えば好い。優しさが沁みた。彼女のモットーは働かざるもの食うべからず。早朝、祈りを捧げ、神社掃除に始まって畑仕事、海藻採り、家事全般を共にした。善からぬことを考えて過ごすより、健康的だ。

ときおり眼が霞むがハルさんは待つのも仕事、と症状が治まるまで休憩する。その折に語る生活の知恵がいちいち心に響いた。同年代のご近所さんと遠い聖山に徒歩で出向き白山神社の掃除や山菜採りにも同行した。

適当に自由時間も与えてくれたから、決まって自然相手に写真を撮りに出かけた。すると、ここぞというときに限って眼が霞む。でも、ひとり生き残った者の負荷としては軽すぎる気がする。どうして自分だけ生き残ったか、納得できない。

ハルさんは誰から聴いたのか僕を仇名のヤアと呼ぶ。こちらは婆ちゃんと言って叱られたので、ハルさんと呼ぶ。ともに暮らすと第一印象と変わらぬ彼女の心根が見えてくる。自分自身には厳しく人には優しい。人を悪く言うと怒る。総じて物静かな生活のおかげで心安らかになった。ハルさんには限りなく感謝しているよ。ラーメン、カレー以外にも料理を覚え、振る舞う悦びも知った。

不思議なことに千年以上続く巫女を継承していながら儀式を行っているのを眼にしたことがない。覚悟していた教義めいた話もしない。朝に広がる穏やかな周防灘、夕に連なる聖域の連山に祈るのみだ。巫女の末裔らしくないと言うと、今に分かると言う。

半年ほどしてハルさんの紹介で公共施設の体育館で警備の仕事も得た。徒歩で通える近場だ。共同作業はなくなったが、やっと家賃を払えるようになった。

事故の記憶は消えることはない。けれど覆い潰されそうな悪夢ではなくなった。人を守りたいと意識して穏やかに暮らすのも悪くない。

生きる糧を与えてくれたハルさんを心から慕うようになった。

ある日、帰宅してみるとハルさんが珍しく背もたれのある椅子へ深々と座っていた。いつものように緑茶を淹れても口をつけず、肩で大きく息をしている。最悪を予感した。まだまだ生きてもらわねば困る。


するとハルさんは西方に連なる聖山に向かって手を合わせ言った。


《さて、そろそろしおどきです。

人にはみな役割があります。細胞だって構造は同じでも頭、手、足と活躍する適材適所があるでしょう。収まり処を知って、その場で機能すれば足かせや苦があろうと耐えられるのです。自我を知り、それを活かせる場で生を全うすれば全体が自然に流れます。


どうしてヤアが沖先生と気が合ったのか、分かりますか。

〔見る力〕を共有したからですよ。

先生は絵画に、ヤア、あなたは写真に活路を見いだしました。

眼が霞むのは忌むべき症状ではありません。むしろ感覚が研ぎ澄まされたのです。本当に大切な対象が見えるようになった。人も物も自然も、あなたに干渉、増幅し合うものが霞むのです。魂を揺さぶる。それですよ。霞みが消えてから撮れば、そのものの魂をも写せます。それはシャッターチャンスを逃すのではありません。ここぞという一瞬が訪れる前にヤアの眼はそのものを捕らえ霞むのです。それはあなたにしかできない。だから写真家は天職なのです。夢を諦めないよう。いいですね。

私は物心ついたときから豊前、美夜古（京都郡、仲津郡）周辺になにかしらの気配を感じていました。眼には映らないものが漂っているのです。思春期に歴史学者だった祖父の友人たちや教授、研究家の方々に教えられるうちに、古代美夜古の歴史の虜になりました。数学の教師になっても郷土への愛は深まるばかり。多くの方々と知己を得た中に、M校の沖先生もいました。

美夜古の地は万年続いた縄文では喜界島噴火のせいで千年も死地となったこともありました。弥生の時代を経て倭人、海人、天孫と新羅よりの渡来の民とも盛んに交流しました。神代からの聖域を豊臣秀吉によって完膚なきまでに滅ぼされる戦国時代までは一大聖地でした。京都郡、仲津郡、鷹羽郡を中心に母性と親性を尊び、神、仏、修験道、陰陽道などの呪力、霊力をもって和合していました。砂や石から鉱物を精錬する如く人を導く魂たちが集まっていたのです。

そんな時の流れの中で最も人々の魂と神仏が交差し合う一点がありました。

それが『八幡宮神託事件』です。この出来事が誤った衣を着せられ、面白おかしく語られ続けている現実に美夜古巫女連を継承する者たちは嘆いてきました。

それが今、善なる魂たちが再びこの地に集まっているのです。


かつてのヤアの魂は、普智山、天井が岳の青龍窟で修業し〈見る力〉を得ました。

あなたが事故に遭った後、ここへ来たのは周防灘の凪と聖山にふれ、警備の仕事を通して、過去の記憶を蘇らせるためです。定めに導かれたのです。


語り部である美夜古巫女連の〈魅せる力〉を備えた女性がいます。

その子の魂はヤアよりも先に神託事件の主要人物を守護していました。あなたと力を合わせればもっと鮮明に真の魂が甦ります。

他にも『八幡宮神託事件』の記憶を持つ者たちが集まっています。椿市廃寺《つばきいちはいじ》の秘仏を管理するIさん、O医科大学名誉教授、郷土史家のA氏、美夜古巫女連のTさん、Mさん、Yさん、先生の親友で豊国法師のS氏等々、みな協力を惜しみません。真の言霊を蘇らせたいと願っているからです。

ヤア、あなたの〈見る力〉を覚醒させ美夜古のどこかにいる〈魅せる力〉を備えた女性を探してください。彼女が美夜古巫女連、最後の末裔です。連帯し結び合い、集う者たちの魂のすべてを彼女に伝えなくてはなりません。先生に託すために。

先生は我らの師の魂を宿しながら雑念が多すぎて常人となりました。でも私たちに共鳴していて、今は『八幡宮神託事件』の誉《ほまれ》を記したいと躍起になっています。それに〈魅せる力〉を備えた女性の到来を待ち望んでいます》

なんだか雲をつかむような話だけれど、できることならなんでもすると即答した。

それからは〈魅せる力〉を備えた女性を探すため、魂の償還に励んだ。眼が霞むと閉眼し闇になにか現れるのを待った。しばらくして、やっとのこと鮮明な絵が闇に映った。静止画もあれば動画もある。見える確率は三割ほどだ。眼に見えるものがまやかしで閉眼し映るものが真という。いまだに信じられない。

ハルさんの妹《いも》の力、霊力が今や失せつつある。完全に失せてしまえばその女性の〈魅せる力〉を覚醒させることができなくなるらしい。うかうかしていられない。こうなったら、つたない我が力を信じるしかない。

すぐに〔魅せる力〕を備えた女性を探した。霞む眼に導かれ、高城山から平尾台へ、麓の勝山、黒田、稗田あたり、海岸沿いを豊前までと出掛けたが眼は霞まず成果はなかった。

今朝、ハルさんが『街へ』と言う。通りへ出ると街へ向かうバスが霞んで見えた。乗車して外を眺めていると終点前の行橋駅東口が霞んだ。下車して構内へ入ると駅中に設置されたピアノも霞んだので弾くことにした。

演奏を始めると、雨粒が曲に合わせて自在に踊っているのが観えた。リズムに合わせ輪になり、螺旋になり、ひとつになり、はじけて、押し寄せては引き、幾重にも連なって……、その美しさは輝きに溢れていて、この世のものでなかった。いつしか風が吹いて青空になった。これが〔魅せる力〕と直観した。探し人がいると確信して辺りを見まわした。

まばらな人たちの中に霞みが見えた。そこへ近づき眼を閉じた。すると闇に君が見えた。眼を開くと、そこにいたのは眼を閉じたミッちゃんだった。ハルさんが言っていた女性は君だ』

なにがなんだか分からず口ごもりました。するとヤア先輩は優しくうなずいて。

『そう。戸惑って当たり前。僕もそうだった。〔見る力〕を多少扱えるようになっても不思議なだけ。〔魅せる力〕なんて言われても返す言葉もないよな。

ただ、ひとつ言えるのは力を呼び覚ますと、自分自身の傷を癒す一番の手段になる。気力を無くしたままよりは心地好い。やってみる価値はあると想う』

『そんな力があるのなら協力したいけれど、雨を操った覚えもないし、なんの兆しも予感もありません。なにをどうすれば』

『まずハルさんと話してみるといい。

彼女には癒し治す力がある。沓尾の港町に病人はいないんだ。ハルさんが手かざしで本人の免疫力を高め健康体にしてしまうから。彼女は相手の体内に眠る力を表に引き出す。そんな神通力を傍で幾度見ても信じられないが本人は決して怪しい人じゃない。必ず君の助けになる』

ヤア先輩から携帯を手渡され、その場でハルさんと話しました。

母の見舞い帰りに久しぶりに先輩と会ったこと、もし自分に力があるなら協力したいと伝えました。ハルさんが遠隔治療をやるというので母の生年月日、名前を伝えました。

翌日、O病院から連絡があって行ってみると奇跡が起きていました。今朝撮った母親の脊椎レントゲン写真を見ると背骨にあった影が無くなっているのです。母は昨日とは別人で、少しおぼつかないものの、ひとりで歩けるようになっていました。医師、リハビリスタッフと相談し、様子を見て近いうちに退院することとなりました。

一夜にして脊椎のヒビが消えるはずはありません。医師も看護師も驚くばかりでした。もちろん他言しませんでしたが、ハルさんの遠隔治療以外に思いあたる完治の原因はないのです。とても信じられませんでした。

母が退院して両親にも職場の悩みをすべて打ち明け、今後の進路についても話し合いました。美夜古巫女連流、小笠原流礼法の指導を受けるため、ハルさんに教えを乞いたいと伝えました。母は私といっしょにハルさんを訪ね、遠隔治療への感謝を伝え、人生の岐路に立つ娘をくれぐれもよろしくお願いしますと深く頭を下げてくれました。父の腰痛も、その日の内に癒えました。

それからは連日のようにヤア先輩といっしょにハルさんの教えを受けました。初見からハルさんを他人とは想えません。まず瞑想し祈り、体幹を鍛え、食を整え、今ある常識を吐き出します。連帯を感得するためです。まるで幼児に戻ったような魂の声が聴こえます。ハルさんの教えに従い、ヤア先輩の魂の記憶を教わり、様々なことを語り合いました。

遠い前世、美夜古巫女連のひとりで幼い頃から修行していたこと。ある男性を心から慕い、命がけで守ったこと。ハルさんとは姉妹だったこと。天候を操り、人に幻影を魅せる力があったこと。などなど眠っていた記憶や力の目覚めを肌で感じました。日々を重ね、なにかを得るごとに心穏やかになる自分自身に驚きました。調子が良ければ、まだ蕾の小さな力をハルさん、ヤア先輩に披露できるようになりました。空に鳥、海に舟、森に鵺《ぬえ》などの幻を見せ、蒸気を集め小雲にするなどです。

ヤア先輩が言った通り、自ら技を発揮しても自分が成したとは想えませんでした。

そんなある朝、いつものようにハルさん宅を訪れ、陽の出に祈りを捧げた後、お味噌汁に入れる採れたての小松菜を手に取って、ふと食卓のテーブルを見ました。

ハルさんと私とヤア先輩の茶碗、お椀、取り皿にカーテンの隙間から陽が注いでいます。まだ誰も席に着いていていません。そろって食事する幻影を観ました。

そのとき、なにもかもがひとつになりました。突然訪れた至福に宙を舞い、彼方へと誘われ、魂の記憶が断片的に蘇ります。なんて幸せなのだろう。輝きは無限に広がり、やがて収束しました。次の瞬間なにごともなかったように私の手には小松菜がありました。

涙が頬を伝いました。感情を抑えて小松菜を切り鍋に入れます。

いつもならすでに三人揃う食卓に私しかいません。呼ぼうにも胸がいっぱいで声にならず、ふたりを探しました。ヤア先輩は見当たりません。

ハルさんは縁側に座り込んでいました。声をかけると潤んだ眼で笑み言いました。

『どうやら、あなたの本当の力が覚醒したようです。もう大丈夫。これから、あなたは遠い昔の魂、そのものと通じ合えます。

早速、先生を訪ねなさい。その魂の記憶をすべて伝え、彼を手伝ってください。美夜古巫女連の末裔として最後の仕事を果たすのです。

私は病を治癒する能力は得ても、魂の記憶は曖昧です。

あなたの霊力、験力は凄まじい。魅せてくれた幻影は本物でした。ヤアも衝撃を受けたようです。いったいどうやって発芽させたのですか』

『人に魅せようなんて意識しませんでした。ただ陽射しに照らされる食卓を眼にして、三人でいる今に心の底から悦びを感じたら、なにもかもが眩しく輝き、力が溢れ出ました』

『そうですか。きっとコリン・ウィルソンのいう至高体験で力が放たれたのですね。

持って生まれた心身の特性によって力は微妙に変わります。

古代美夜古巫女連のあなたは多くの人に共通の幻影を魅せる力があったと伝わります。

あなたが得た力は真逆ですね。公ではなく個に潜む愛の記憶を蘇らせてしまうようです。

私が魅せられたのは心から愛した夫との想い出と未来の記憶でした。温もりや香りまで体感しました。懐かしくて切なくて温かかった。でも、もしヤアも愛の記憶を魅せられたとしたら、きっと耐えられないでしょう』

『ヤア先輩になにがあったのですか』

『聞いていないの、交通事故で亡くなった彼以外の同乗者三名のこと。運転席には無骨で家族想いの父親、助手席には辛抱強く優しい母親、後ろの席には彼と婚約者。彼女は身重でした。一生、ぬぐいきれない深い傷でしょう。

あなたがヤアを慕っているのは分かります。彼も立ち直ろうとしています。しばらく凪の海原にふれていれば落ち着くでしょう。帰って来るのを待ちましょう。

さてこれから私の知る覚醒のすべてを伝えましょう。かつてあなたとヤアは同じ人物を守護していました……』

結局、ヤア先輩は夜まで帰って来ませんでした。おかげでハルさんの止めどない最終講義をきっちり受けて、こうやって先生にお会いしています」

「実に面白い。夢のようだ。

確かにハルさんの言う通り、『八幡宮神託事件』について記し、美夜古巫女を描こうとしている。君の助けがあれば千人力だ。こんな都合の良い、願ってもいない話はない。

ただ凡人には素直に受け入れられない。妹の力、神通力、験力、そんな力の存在、日本や古代ギリシャ、イスラム、古代インドに伝わる輪廻転生を否定はしない。けれど、なんだか。特に私の魂がハルさんや君たちの師なんて恐れ多い。信じられない」

「みな同じです。ヤア先輩も私も半信半疑です。ハルさんも言っていました。

『病を癒す力がどうして自分にあるのかは分からない。でも人を守るほどに心安らかになれる』

私も同じです。先生に協力すれば記憶が鮮明になって、なによりも安らぎを感じます。

もちろん取捨選択は先生の自由です。

魂の記憶は通常、消えてしまいます。先生の魂は聖人ではありませんでした。弟子に語る以外は山に籠り自由気まま。人嫌いで、興味あることだけをやる身勝手な御方だったようです。思い当たりませんか」

思い当たるが言葉にならない。考えあぐねていると彼女が言葉を続けた。

「気弱になられましたね。

こうあるべきと胸の奥が騒ぎませんか。神託事件の一部始終を知る魂はここにあります。先生のこれまでの成果と照らし合わせれば自ずと形になるとハルさんに教えられました。躊躇なんてしていられません。夢を叶えましょう。

これから目覚めた記憶の断片をお話してもいいですか」

「今夜はもう遅い。街灯もない夜道を帰宅途中だ。また日を改めよう」

「学校帰りに白い巫女が現れ語り始める。夢見ていましたよね。いつかこんな日が来ると予感してデジャヴュ（既視感）を覚えたでしょう。偶然にしては出来過ぎと想っていませんか。了解を得るために先生の望みを叶えました」

するとと徐々に夜の闇が明け、白いワンピースも強い意志を持った表情も、くっきり鮮明になった。陽が差している。気づけば私たちがいるのは正八幡神社の裏路地だった。

「まだ午後の二時過ぎです。魅せる力はお役に立てましたか。気力を鼓舞できましたか。授業が終わって部活指導を済ませ今川橋で出逢うまでの数時間は実質三分ほどの幻影です。後は夜の闇に帰路を魅せて、神社付近の道をあちこち歩いてお話ししていました」

息を呑むとはこのことだ。心が震えている。深い感動が胸を熱くして高揚感がみなぎった。目前の静かな笑みをたたえた美夜古巫女は人に悦びを与え自我を目覚めさせる。それに姉と慕うハルさんと、淡い恋心を抱くヤア君を想い『魅せる力』を発揮する。最高ではないか。

人知を超えた力を信じる、信じない。そんなものどうだっていい。いい歳をして常識に囚われ内に籠ってどうする。やるしかない。他に私のできることなど、なにもないのだから。

「万全を尽くす。忙しくなる。ハルさん、ヤア君、他の覚醒者たちにも話を聞こう。もっと資料収集し聖地を巡る。私は不注意極まりないから校正を頼む。作業は授業のある出校日以外の午後から。午前中は執筆に専念する。


こんなに前向きな衝動に駆られるのは初めてかもしれない。

これから紡ぐ物語の登場人物たちはそれぞれの立場で世を憂い、深く苦しむ。けれども人と人のつながりを信じて『いつか、きっと』と立ち上がる。

災いはいつ降り注ぐか分からない。社会状況も万全とは言えない。現実は厳しい。だけど、どんなに困難でも、心豊かに生きる術《すべ》がある。

生物は種を存続させるために生きている。助け合いは人の生存率を高める。落ち込んだときこそ誰かを守ればいい。思いやる心を持つだけでもいい。耐えられない苦しみを味わうほどに、自分に嘘をつかず、人に優しくあればいい。そうすれば心安らぎ、深い悦びを得られる。愛の実践こそ種の存続につながる本能だからだ。

君とヤア君は耐えがたい苦しみの中で私やハルさんに無償の愛を注いでくれる。君たちは輝いている。その輝きが形になる。この世は捨てたものじゃない」

「きっと私たち、これから紡ぐ物語に救われたのですね」

「早速、本題に入ろう。まず美夜古巫女の記憶を話してもらおうか」

「分かりました。まず先生の受け売りから始めます。

いまだに雨男、雨女とか言って、人を茶化すのは日本だけ。どうしてでしょう。

たとえ様々な異国の文化、思想、宗教、人種が入り乱れ混迷を極めた奈良時代であろうと、私たちは風土、言語、思想のせいで、万年続いた縄文の共生の営みに必ず立ち返ります。平穏な暮らし、現世利益のため、自然の恵みも、災いも、善も、悪も神と崇めます。

今も変わらず連帯を信じ、万物に宿る魂、御霊、怨霊等々を感得しているのです。

つながりを信じるから当たり前のように雨男、雨女なんて通用してしまいます。

苦にさいなまれるほどに個ではないと忠恕（優しさ思いやり）の力がみなぎるのです。

これより、そんな純なる魂が共鳴し合う出来事を物語りましょう」


こちらは照れ隠ししながら急かした。

「そんな御託はいいから、早く本題を」


『きよまろ　すぐり　神託記』はこうやって聞き取り、語り合い、加筆、潤色、割愛、省略を経て仕上げられた。

執筆には多くの方々にご助力いただいた。中でも偏屈な私を勇気づけ発破をかけてくれた三名、ハルさん、ヤア君、白い巫女に敬意を込めて、名を記させていただく。

まず、私たちを引き合わせてくれた美夜古巫女連の末裔、ハルさん。
辛島《からしま》　明《はる》
事故の痛手を背負いハルさんに会って守護人の資質を覚醒させた青年、ヤア君。

上矢風《かみやかぜ》　清人《きよと》

ハルさんとヤア君を愛し美夜古巫女の力と魂の記憶を蘇らせた娘、白い巫女。

御子野《みこの》　音杜《おと》

そして最後に怠け者の私。

沖《おき》　大河《たいが》

〔主な参考文献〕

逵日出典著『八幡神と神仏習合』講談社現代新書
森浩一著『日本の深層文化』ちくま新書
吉村武彦著『聖徳太子』岩波新書
長野正孝著『古代史の謎は「鉄」で解ける』ＰＨＰ新書
家永三郎著『日本文化史』岩波新書
井沢元彦著『逆説の日本史』１〜３小学館文庫
梅澤恵美子著『日本の女帝』ベスト新書
ケン・ジョセフ親子著『隠された聖書の国・日本』５次元文庫
恒遠俊輔著『修験道文化考』花乱社
大和岩雄著『秦氏の研究』大和書房
中村明蔵著『隼人の古代史』平凡社新書
水谷千秋著『謎の豪族　蘇我氏』文春新書
本郷和人著『日本史のツボ』文春新書
関裕二著『おとぎ話に隠された古代史の謎』ＰＨＰ文庫

主な参考文献

関　裕二著『古代史の秘密を握る人たち』ＰＨＰ文庫
横田　健一著『道鏡』人物叢書　吉川弘文館
海音寺　潮五郎著『悪人列伝』朝日新聞社
宇治谷　孟著『続日本紀』講談社文庫
『行橋史　上巻』発行　行橋市
『行橋市の文化財』発行　行橋市教育委員会

〔ネット参考文献〕

和気　彩那著『和気清麻呂の霊猪伝説における一考察』
直木　孝次郎著『難波宮の停止と和気清麻呂』
小名木　善行著『和気清麻呂と広虫、ミカンと暮らし』
日野　智貴著『道鏡は本当に朝敵だったのか？』
半澤　正男著『八世紀中葉における瀬戸内海、山陽道の交通事情』
青竜　宗二著『日本古代仏教史の諸問題―特に豊国仏教を中心として―』
みやこ町歴史民俗博物館　豊津町史　上巻　第三編　古代（奈良・平安時代）

あとがき

葛城氏や蘇我氏、豊国の巫女、豊前と豊玉姫など本作絡みのあとがきを書き進めていました。でもどれも蛇足に感じられ辞めにしました。本作を読んでいただければ充分です。

代わりに肝に銘じたことを簡潔に記します。とても単純な道理です。

私事ではありますが、執筆中、ふたり暮らしの母が倒れ、入退院を繰り返しました。独り、世話をしながら疲弊する日々が続きました。身体に変調をきたし気力も失せました。誰もが通る道と納得しがたいのです。かろうじて現実とつながっていた細い糸が切れてしまったような喪失感に襲われました。

『愛』を失くし絶望した遠い過去が甦りました。あのときは偉人たちの音楽、絵画、映画作品や生き様に救われたのでした。魂の連帯を感じて生きようと決心したのです。

本作も人を元気にできればとプロットを再構成し修正を重ねました。負へと転げ落ちても這い上がり、なるべく殺し合わない民度の高い『愛』を描くことにしました。

「辛い想いを希望に換えよう。つながりを信じよう。母の恩に報いよう。巣立った息子たちと語り合おう。生徒の身になって教壇に立とう」と前向きにもなれました。

凡人の私でさえ、想い悩むより能動的に『愛』をそそぐと気力が沸くのです。

混迷する時代のリーダーたちなら、なおさらでしょう。きっと大いなる苦しみを克服するために、それぞれに違った『愛』を他に与え、己を鼓舞し、生き抜いたに違いありません。


母は今、介護施設にお世話になっています。寂寥感に襲われるときは本作で無償の愛をつらぬいた巫女のオトを想い、平常心を保つようにしています。

オトは赤組、青組、白組、黒組からなる美夜古巫女連に所属していました。
○青は「淡い月夜」の淡。青組は主に十五夜の月で邪気を払い、マナを付与(霊鎮め)した。
○白は「印をつける」の印。白組は主に印(入れ墨)した海人の呪術で、悪霊を退けた。
○黒は「暗い闇」の暗。黒組は主に闇夜にその異形をもって悪を畏怖させ蛮行を封じた。
そしてオトのいた赤組の設定はこのようにしました。
○赤は「夜明け」の明。赤組は主に陽の下にて歌舞し、その美をもって人に希望を与えた。

ですから私は生徒たちに伝えています、とても単純な道理を。

「これからも愛より大切なものはないように想います」と。

百瀬精一社長、編集部の方々。モデルにさせていただいた故人の川内親先生、仲川吉久様。それにご協力いただいた方々、生徒、学生、教え子たちに心から感謝いたします。本当にありがとうございました。

岡田清隆　Profile

アートディレクター、イラストレーター、講師
1955 年 6 月 5 日生まれ。「岡田工房」主宰。

九州産業大学デザイン科卒。
「芸術生活社」編集部在籍中、
1979 年、第 3 回 JPC 賞奨励賞受賞。
1990 年、郵政省ダイレクトメール賞、入選及び金賞受賞。
1991 年、金賞作品が世界公募メールグラフィックスに選出。
1992〜著書 11 冊。『少女伝説あき』（アートダイジェスト社刊）『美葉と冬雪』（アートダイジェスト社刊）『岡田清隆ペン画集・恋する女たち』（近代文藝社刊）『美夜古野物語』（鳥影社刊）『ガラスのシュア』（新風舎刊）『キャラクター感得学』『豊の玉姫 みやこへ』『豊の玉姫御伽草子』『弟子と光量子』『そらあおぐ』『虹と凪の彩』（以上鳥影社刊）
1997 年〜講師。（専門学校・大学・高校にて）

きよまろ　すぐり　神託記

2024年9月12日初版第1刷印刷
著　者　岡田清隆
発行者　百瀬精一
発行所　鳥影社（www.choeisha.com）
〒160-0023　東京都新宿区西新宿3-5-12 トーカン新宿7F
電話　03-5948-6470, FAX 0120-586-771
〒392-0012　長野県諏訪市四賀 229-1（本社・編集室）
電話 0266-53-2903, FAX 0266-58-6771
印刷・製本　シナノ印刷

ISBN978-4-86782-105-3　C0093